●丛书主编 庆振轩

故事里的文学经典

清诗

魏宏远 孟宁 编著

兰州大学出版社

图书在版编目（C I P）数据

故事里的文学经典. 清诗 / 魏宏远，孟宁编著. -- 兰州 ：兰州大学出版社，2014.10（2019.9重印）
ISBN 978-7-311-04597-5

Ⅰ. ①故… Ⅱ. ①魏… ②孟… Ⅲ. ①古典诗歌一诗歌欣赏一中国一清代 Ⅳ. ①I206.2

中国版本图书馆CIP数据核字(2014)第246790号

策划编辑　张　仁
责任编辑　马继萌
装帧设计　张友乾

书　　名　故事里的文学经典　清诗
作　　者　魏宏远　孟　宁　编著
出版发行　兰州大学出版社　（地址:兰州市天水南路222号　730000）
电　　话　0931-8912613(总编办公室)　0931-8617156(营销中心)
　　　　　0931-8914298(读者服务部)
网　　址　http://press.lzu.edu.cn
电子信箱　press@lzu.edu.cn
印　　刷　三河市金元印装有限公司
开　　本　710 mm×1020 mm　1/16
印　　张　12.75
字　　数　210千
版　　次　2014年12月第1版
印　　次　2019年9月第3次印刷
书　　号　ISBN 978-7-311-04597-5
定　　价　25.00元

学海无涯乐作舟

——“故事里的文学经典”系列序言

北宋文坛领袖欧阳修曾说：

立身以求学为先，求学以读书为要。

欧阳修是一位政治家、思想家、改革家，也是一位教育家，他认为人生如果要有一番作为，就要努力求学读书。千余年过去，时至今日，立志向学，勤奋读书，教育强国，已经形成社会共识。然而读什么书，如何读书，依然是许多人困惑和思考的问题。

人们常说“开卷有益”，又说“好书不厌百回读”，所谓的好书、有益的书，应该指的是经典作家的经典作品。何谓经典？瑞士作家赫尔曼·黑塞在《获得教养的途径》中认为，经典作品是“我正在重读”，而不是“我正在读”的书。人文学科都有各自的经典作家和经典作品，诸如“哲学经典”、“史学经典”、“文学经典”等等。范仲淹曾经说过：“劝学之要，莫尚宗经。宗经则道大，道大则才大，才大则功大。”（《上时相议制举书》）儒家把《诗经》、《尚书》、《仪礼》、《乐经》、《周易》、《春秋》尊为“六经”，文人学士研修经典的目的是为了经世致用，“六经之旨不同，而其道同归于用”。“故深于《易》者长于变，深于《书》者长于治，深于《诗》者长于风，深于《春秋》者长于断，深于《礼》者长于制，深于《乐》者长于性。”（陈舜俞《说用》）范仲淹与其再传弟子陈舜俞都是从造就经邦济世的通才、大才的角度论述儒家经典的。但古人研读经典，由于身份不同、目的不同，取径也不尽相同。郭绍虞在《中国文学批评史》中指出：“古文家、道学家和政治家一样的宗经，但是古文家于经中求其文，道学家于经中求其道，而政治家则于经中求其用。”

就文学经典而言，文学经典指的是具有深厚的人文意蕴和永恒的艺术价值，为一代又一代读者反复阅读、欣赏、接受和传承，能够体现民族审美风尚和

美学精神，具有广阔的阐释空间和当代存在性，能不断与读者对话，并带来新的发展，让读者在静观默想中充分体现主体价值的典范性权威性文学作品。“经也者，恒久之至道，不刊之鸿论。”（刘勰《文心雕龙·宗经》）

由于经典之作要经历时间和读者的检验，所以经典作家、经典作品经典化的过程会给我们一些有益的启示：读者和作家一起赋予了经典文学的经典含义。即就宋词而言，词体始于隋末唐初，发展于晚唐五代，极盛于两宋。但在宋代，词乃小道，不登大雅之堂，终宋一代，宋词从未取得与诗文同等的地位。欧阳修在《归田录》中曾记载：

> 钱思公（惟演）虽生长富贵，而少所嗜好。在西洛时，尝语僚属言：平生唯好读书，坐则读经史，卧则读小说，上厕则读小词。盖未尝顷刻释卷也。

虽然欧阳修之意在赞扬钱惟演好读书，但言及词则曰“小词”，且小词乃上厕所所读，则其地位可知。即就宋代词坛之大家如苏轼，在被贬黄州时，为避谤避祸，开始大量作词；辛弃疾于痛戒作诗之时从未中断写词的事实，也可略知其中信息。直至后世的读者研究者，越来越感知和发现了词体的独特的魅力——“词之为体，要眇宜修，能言诗之所不能言，而不能尽言诗之所能言。诗之境阔，词之言长”（王国维《人间词话》），才把词坛之苏辛，视如诗坛之李杜，赋予了宋词与唐诗相提并论的地位。

其他文体中如元杂剧之《西厢记》、章回小说之《水浒传》，也曾被封建卫道士视为“诲盗诲淫”之洪水猛兽而遭到禁毁，但名著本身的价值、读者的喜爱和历史的检验，奠定了它们经典之作的地位。

在一些经典作品经典化的过程中，读者甚至参与了经典作品的创作。李白的《静夜思》就是一个典型的个例。从文献学的角度看，宋代刊行的《李太白文集》、《李翰林集》中《静夜思》的原貌为：

床前看月光，疑是地上霜。
举头望山月，低头思故乡。

当代著名学者瞿蜕园、朱金城、安旗、詹瑛所撰编年校注、汇释集评本《李太

白集》也全依宋本。但从明代开始，一些唐诗的编选者(读者)开始改变了《静夜思》的字句，形成了流行今日的李白的《静夜思》:

床前明月光，疑是地上霜。
举头望明月，低头思故乡。

所以，经过了历史长河的淘洗和历代无数读者检验而存留至今的中华文明宝库中的经典文学作品，是中华民族精神智慧的结晶。那么，在大力弘扬与传承优秀传统文化的今天，我们应该怎样学习阅读自《诗经》、《楚辞》以来的文学经典？古人的一些经典之作和经典性论述可以为我们借鉴。

横看成岭侧成峰，远近高低各不同。
不识庐山真面目，只缘身在此山中。

这是苏轼在元丰七年四月，自九江往游庐山，在山中游赏十余日之后所写的《题西林壁》诗。一生好为名山游的苏轼，在畅游庐山的过程中，庐山奇秀幽美的胜景，让诗人应接不暇。苏轼于游赏中惊叹、错愕，领略了前所未有的超出想象的陌生的美感。初入庐山，庐山突兀高傲，“青山若无素，偃蹇不相亲。要识庐山面，他年是故人。”移步换景，处处仙境，诗人喜出望外，“自昔忆清赏，初将杳霭间。如今不是梦，真个在庐山！”庐山幽胜美不胜收，于是诗人在《题西林壁》这首由游山而感悟人生的诗作中，寄寓了发人深思的理趣。苏轼之后，人们从不同的角度解读诗作给予人们的启悟。王国维《人间词话》中说:

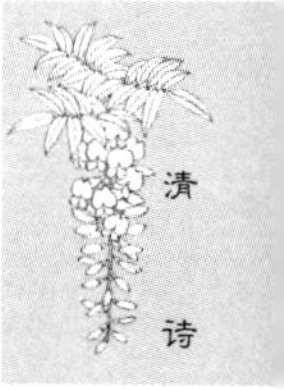

诗人对于宇宙人生，须入乎其内，又须出乎其外。入乎其内，故能写之；出乎其外，故能观之。入乎其内，故有生气；出乎其外，故有高致。

而苏轼的《题西林壁》正是诗人对于人生对于庐山既入乎其内，又出乎其外的带有特有的东坡印记的智慧之作。古往今来，向往庐山，畅游庐山的游人难以数计，而神奇的庐山给予游人的感触各有不同，何以如此呢？因为万千游客，虽同游庐山，但经历不同，观赏角度有别，学识高下不一，游赏目的异趣，他们都领略的是各自心目中的庐山，诚所谓“横看成岭侧成峰，远近高低各不同”。也正如钱钟书《谈艺录》中所说：“盖任何景物，横侧看皆五光十色；任何情怀，反复说皆千头万绪。非笔墨所易详尽。”所以，换个角度看世界，世界会更加丰富多彩；换个角度看人生，现实人生就会更具魅力；换个角度读经典，你会拥有你自己的经典，经典会更加经典。

千江有水千江月，千江水月各不同。古今中外的许多经典作家正是以独特的眼光观察大千世界，以独到的思维角度思考人生，以生花妙笔写人叙事，绘景抒情，继往开来，推陈出新，创造出一部部永恒的经典。“不畏浮云遮望眼，只缘身在最高层。”经典之所以为经典，其要因之一就是经典作家能够站在时代的制高点上，眼光独到，视点独特，思想深邃，能发前人之所未发。即以被称为“拗相公”的王安石为例，作为勇于改革的政治家，思想深刻的思想家，他的诗、文、词创作都具有鲜明的个性特色。四川大学中文系古典文学教研室选注的《宋文选·前言》中说：

> 王安石的文章大都是表现他的思想见解，为变法的政治斗争服务的，思想进步故识见高超，态度坚决故议论决断。其总的特色是在曲折畅达中气雄词峻。议论文字，无论长篇短说，都结构谨严，析理透辟，概括性强，准确处斩钉截铁，不可移易。

这一段话是评价王安石散文风格的，用来概括他的诗词特色也颇为恰切。王安石由于个性独特，识见高超，所以喜欢做翻案文章。他的这一类作品不是为翻案而翻案，而是确有独到深刻的见解，其《读史》、《商鞅》、《贾生》、《乌江亭》、《明妃曲》均是如此。即以其《贾生》而言，司马迁《史记》有《屈原贾生列传》，对贾谊的同情叹惋之意已在其中。李商隐因自己人生失意，对贾谊抑郁失意更为关注，其《贾生》诗曰：

宣室求贤访逐臣，贾生才调更无伦。
可怜夜半虚前席，不问苍生问鬼神。

这首咏史诗在切入点的选取上颇为独到，在对贾谊遭际的咏叹抒写之中，蕴含着深沉的政治感慨和人生伤叹，而这种感慨自伤情怀颇能引起后世怀才不遇之士的情感共鸣，给予了高度评价。但王安石评价历史人物的着眼点则跳出了个人人生君臣遇合的得失，立足于是否有用于世有助于时的角度，表达了独特的“遇与不遇”的人生价值观。遇与不遇，不在于官场职位的高低，而在于胸怀谋略是否得以实行，是否于国于民有益：

一时谋议略施行，谁道君王薄贾生。
爵位自高言尽废，古来何啻万公卿。

以人况己，以古喻今，振聋发聩，这样的诗作才当得上“绝大议论，得未曾有”的美誉。无论是回首历史，还是关注现实，抑或是感受人生，往往因作者的视角不同，立场观念有别，而感发不一，所写诗文，各呈异彩。

但是我们在阅读体验中还发现了一些很有趣的现象：读者有时所欣赏的并不是作者的得意之作，而有时候作者所自珍的，读者却有微词。欧阳修《六一诗话》有这样一段文字：

晏元献公文章擅天下，尤善为诗，而多称引后进，一时名士往往出其门。圣俞平生所作诗多矣，然公独爱其两联，云“寒鱼犹著底，白鹭已飞前”，又“絮暖鮆鱼繁，露添莼菜紫”。余尝于圣俞家见公自书手简，再三称赏此二联。余疑而问之，圣俞曰：“此非我之极致，岂公偶自得意于其间乎？”乃知自古文士不独知己难得，而知人亦难也。

欧阳修这种阅读体验不止一端，刘攽《中山诗话》记载：永叔云：“知圣俞者莫如某，然圣俞平生所自负者，皆某所不好。圣俞所卑下者，皆某所称赏。”于是也感慨知心赏音之难。

正因为知心赏音之难，所以古人强调阅读欣赏应该知人论世。于是了解探究历史，就有“纪事本末”类的系列著述。阅读欣赏诗词，即有《本事诗》、《本事词》、《词林纪事》、《唐诗纪事》、《宋诗纪事》、《明诗纪事》、《清诗纪事》等著作；阅读唐宋散文，也有《全唐文纪事》、《宋文纪事》之类的著述。对于读者而言，这些著述有助于我们由事知史，由事知人，进而由事知诗，由事知词，由事知文；或者说有助于我们加深对相关诗、词、文的深入了解。正是从这个视点出发，出于弘扬传统文化，建设社会主义精神文明的责任感与使命感，兰州大学出版社策划出版“故事里的文学经典”、“故事里的史学经典”、“故事里的哲学经典”(统称为“换个角度读经典”)系列丛书，同样出于历史使命感，我们愉快地接受了“故事里的文学经典”系列的撰写工作，首批包括《故事里的文学经典之唐五代词》、《故事里的文学经典之唐文》、《故事里的文学经典之宋文》、《故事里的文学经典之北宋诗》、《故事里的文学经典之南宋诗》、《故事里的文学经典之元曲》、《故事里的文学经典之唐诗》、《故事里的文学经典之宋词》。

当凝聚着丛书的策划者和撰著者共同心血的著述即将付梓之际，我们为和兰州大学出版社这次愉快的合作感到由衷的高兴，因为共同的弘扬优秀传统文化的目标，出好书就成为我们共同的意愿，所以撰写以至出版的一些具体问题，就很容易通过沟通达成一致。参与丛书撰写的同仁均长期从事中国古典文学的教学科研工作，怎样让经典文学作品走出大学的讲堂，走向社会，走向千家万户，是我们长期思考的问题；而由学者在一定研究基础上撰写的，面向更为广大的读者群的融学术性的严谨和能给予读者阅读的知识性、愉悦性则是出版社策划者的初衷。合作的愉快也为我们下一步自汉魏至明清诗、词、文部分的写作奠定了良好的基础。

由“本事”或者说由“故事”入手诠解阅读文学经典是我们的共识。

那些与诗、词、文密切相关的“本事”，在古典文学名篇佳作的赏鉴研读中，主要是指与相关作品的创作、传播以及作家的生平遭际有关的“故事”，抑或是趣事逸闻，其本身就是最通俗、最形象吸引读者的“文学评论”，许多流誉后世的名篇佳作，几乎都伴随有引人入胜的“故事”或传说。这些故事或发生于作家写作之前，是为触发其写作的契机，所谓“感于哀乐，缘事而发”；或是出于一种自觉的责任感使命感，“文章合为时而著，歌诗合为事而作”。而有些诗文本身就在讲故事，史传文学本身就与后世小说特别是传奇小说有千丝万缕的联系，所以唐宋散文中的一些纪传体散文名篇诸如《张中丞传后叙》、《段太尉逸事状》、《杨烈妇传》、《唐河店妪传》、《姚平仲小传》等颇具小说笔法。即如范仲淹之《岳阳楼记》，王庭震《古文集成》中也记述说：

> 《后山诗话》云：“文正为《岳阳楼记》，用对语说时景，世以为奇。尹师鲁读之，曰：‘传奇’体耳！”《传奇》，唐裴铏所著小说也。

有些诗歌也是感人的叙事诗，在很多读者那里了解的苏小妹的故事，只是

民间的传说，得之于话本小说《苏小妹三难新郎》、近年新编的影视作品《鹊桥仙》等。人们出于良好的心理愿望，去观看欣赏苏小妹和秦观的所谓爱情佳话，让聪明贤惠的苏小妹和苏轼最得意的门生秦观在虚构的小说、戏曲、影视作品中成就美好姻缘，而不去考虑受虐病逝于皇祐四年(1052)的苏洵最小的女儿、苏轼的姐姐八娘，和出生在皇祐元年(1049)的秦观结为秦晋之好是根本不可能的！而苏洵的《自尤》诗即以泣血之情记述了爱女所嫁非人，被虐致死的锥心之痛。但长期以来，由于资料的散佚，一些研究苏轼的专家对此亦语焉不详，台湾学者李一冰所著《苏东坡新传》即曰：

苏洵痛失爱女，怨愤不平，作《自尤》诗以哀其女(今已不传)。

我们依据曾枣庄先生《嘉祐集笺注》收录了《自尤》诗并叙，并未多加诠释，因为诗作本身就为我们含悲带愤地讲述了一个凄惨的八娘的短暂的一生的悲剧故事。苏小妹不是一个传说！

当然，也有一些故事发生在诗作传播之后，如《舆地广记》和《艇斋诗话》都记载，苏轼"为报先生春睡美，道人轻打五更钟"传到京城，章惇认为东坡生活快活安稳，于是又把诗人贬到海南。但是不论诗人是直书其事，还是借史言事，是因事论事，还是即事兴感，与诗作相关与诗人遭际相关的故事，都有助于我们对经典诗文在知人论世的基础上去读解诠释。

在"换个角度读经典"系列丛书之"故事里的文学经典"(第一批)将要出版发行之际，我们对兰州大学出版社的张仁先生、张映春女士为之付出的大量心血和兢兢业业一丝不苟的敬业精神表示由衷的感佩；对兰州大学文学院党政领导班子，特别是张炳成同志对于丛书的写作出版自始至终的关注支持深表感谢。同时，由于切入角度不同，对于相关诗、词、曲、文名篇的诠解也仅是我们的一得之见，所以我们热望广大读者多提宝贵意见，书山有路勤为径，学海无涯乐作舟，愿读者诸君和我们一起愉快阅读经典的同时，换个角度，读出我们各自心目当中的经典。

庆振轩

二〇一三年八月于兰州

目　录

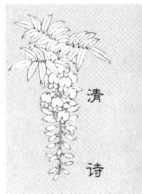

遗民悲歌　易代绝响

明清易代之际，陵谷变迁，很多心怀故国的明朝子民难以接受出身异族、以武力夺取天下的清王朝统治。他们多以遗民自居，纷纷举起反清复明的大旗奋起反抗，毅然捐躯、从容赴死者比比皆是。在庞大的遗民群体中，不乏能文善诗的才人士子，像林茂之、杨廷枢、阎尔梅、黄宗羲等等。他们的诗歌具有强烈的现实主义精神，秉承着以社稷道德为立身之本的士子精神和凛然之气，或咏史怀古，词意悲愤，或感时伤乱，沉痛恳挚，或清高自守，不与世同流，展现了一代遗民的慷慨悲风。

且共开颜倾浊酿，不须滴泪忆当年

——林茂之的万历铜钱

林古度（1580—1666年），字茂之，号那子，明清著名诗人。他原本出生在书香门第，家住华林园侧，有亭台楼阁之美。后来清军入关，整个中原地区都处于清军铁骑的蹂躏之下，原本富庶的江南地区也沦落得一片荒凉。林茂之在战火中家产尽失。新朝建立以后，统治者多次邀请他出仕清廷，他都坚决推辞，宁愿掘门陋巷，贫困度日。

林古度画像

明朝灭亡之后，许多遗民都会保存一点前朝旧物以寄托故国之思。林茂之也留了一枚万历铜钱，系于自己左臂之上。这枚万历铜钱在遗民中相当有名。说起来，这还要归功于吴嘉纪和汪楫。

万历通宝

林茂之是前朝遗老，辈分极高，诗文也很有名气，人称东南硕魁。海内士大夫慕其名而幸其不死，每次经过南京都会停车造访，吴嘉纪就是其中一位。当时的林茂之已是家徒四壁，依靠典当度日，但依旧热情好客，但凡有客人到来，他都会倾力招待。

吴嘉纪来的这天，林茂之吆喝小儿子到集市上去打酒。儿子在里屋摸出父亲的钱囊，一路小跑着去了。快要开饭的时候，他才大汗淋漓跑回来，左手提着酒壶，右手甩着空瘪的钱囊。林茂之正抚着胡须与吴嘉纪说笑，一看见儿子手里的钱袋，立刻变了脸色，焦急问道："这钱袋里的钱呢？"

小儿子扬扬手里的酒壶，回答道："换酒了。"

林茂之一拍膝盖，道："哎呀！那可是万历的铜钱，身边就剩这么点儿念想，快快换回来。”

儿子站在原地为难，家里就剩这些钱了，已经换了酒，再拿什么换回来呢？林茂之心中明了，指了指书桌上仅剩的几本藏书。吴嘉纪连忙出声阻止：“先生使不得。晚辈仰慕先生人品气节，多次前来叨扰。先生不辞劳烦热情款待，已经让晚辈心中愧甚，怎好让先生再割爱买酒？”说罢笑着掏出了身上带的钱袋放到林茂之手上，说：“今日这酒一定得让晚辈来请，以谢叨扰先生之罪。”

林茂之起身拱手，苦笑道：“让老弟见笑了。”吴嘉纪赶忙站起来回礼。这时林夫人也将亲自准备的午饭端了上来，黄澄澄的小米饭，配上几样清淡的农家小炒，还有一壶刚刚打来的高粱酒。两人相偕入座，交谈甚欢。临别时，吴嘉纪写了这首《一钱行赠林茂之》：

先生春秋八十五，芒鞋重踏扬州路。
故交但有丘茔存，白杨催尽留枯根。
昔游倏过五十载，江山宛然人代改。
满地干戈杜老贫，囊底徒余一钱在。
桃花李花三月天，同君扶杖上渔船。
杯深颜热城市远，却展空囊碧水前。
酒人一见皆垂泪，乃是先朝万历钱。

清初遗民们常以隐晦的方式传达亡国之痛和孤忠之情。林茂之“囊底徒余一钱在”，既见其贫又显其志，以平淡语造出，寓无限兴亡之悲。这首诗很快就在遗民当中传开了，林茂之的铜钱也成为遗民们聚会饮酒时必谈的话题。诗人汪楫在朋友聚会上听说了这件事，即席写了一首和诗，其中有“沽酒都非万历钱”句。十几年后，汪楫在另外一场朋友聚会中偶遇林茂之，便将当年的这首和诗念给他听。林茂之大为惊奇，说：“你怎么也知道我有一枚万历铜钱？”汪楫笑道：“先生的这枚铜钱早就出名了，大家都想一睹真颜。”在座的其他人也都纷纷附和起哄。林茂之当下便解开衣扣，笑说：“一枚普通的铜钱罢了，哪里还能长出三头六臂？”说罢解下左臂上的铜钱递与他们看。只见铜钱上面的刻文已经模糊了，表面却依旧含光摄人。汪楫问林茂之是何缘故，林茂之答道：“自从上次换酒事件之后，我一直将它系在左臂上，半刻也不曾离身。时间久了就变成了这样。”众人听后都黯然无语。林茂之又讲家中拮据，为留铜钱不舍为孙儿买梨之事，唏嘘伤怀。汪楫叹道：“先生之情怀非我等俗人可比。”于是当场又作《一钱行赠林茂之》，其诗云：

前朝万历之八载，茂之林叟生闽海。
三十名高走京洛，六十国亡遭冻馁。
钟山踯躅几春秋？那有酒钱悬杖头。
屈指今年八十五，春风重醉扬州酹。
读我诗篇忽失声，老泪纵横不成雨。
为言昔曾买藜藿，手持一钱人错愕。
方嗟旧物不逢时，又遇孙儿索买梨。
市上孩童都不顾，老夫心苦傍人嗤。
一片青铜何地置，廿载殷勤系左臂。
陆离彷佛五铢光，笔划分明万历字。
座客传看尽黯然，还将一缕为君穿。
且共开颜倾浊酿，不须滴泪忆当年。

诗虽汪舟次所作，其实无异于林茂之“心苦”之传述，几乎道出了他一生的心路历程。“读我诗篇忽失声”句勾连起伤往哀今之情，“买藜藿”“买梨”云云不止写其奇穷，更在于表现故国遗恨，以及随着时光转移，“旧物”情渐渐淡化于世的悲痛。俗话说：“识时务者为俊杰。”新朝建立之后，很多明朝的旧臣名士摇身一变成为清朝新宠。林茂之在明朝没有功名，从不曾享受俸禄，而且他的父亲被朝中奸臣陷害，枉死狱中，计较起来，明朝与他还有杀父之仇。但是他却二十年如一日地佩戴着这枚万历铜钱以示不忘旧国，宁愿忍受清贫也不愿为清政府效力。这种气节和超越个人利益的情怀永远值得我们景仰尊重。

林茂之性格豁达乐观，家道中落后依然不改幽默本色，所以在他的诗文集中我们几乎看不到偏执愤激的牢骚之作，倒是有很多轻松幽默的自嘲，比如：

老来贫困实堪嗟，寒气偏归我一家。
无被夜眠牵破絮，浑如孤鹤入芦花。

据说，林茂之作这首诗时已经八十有余。即使是普通的农夫商贩，到了这个年纪也都能衣食无忧地安度晚年，可是才华横溢、享有盛名的林茂之却穷得连双好的棉被都置办不起，数九寒冬，只得钻在一床破棉败絮之中。但即使是这样的贫困和拮据也并没有使林茂之一蹶不振，闷闷不乐。他把一个贫苦老头儿在寒夜中钻进破被絮中的景象比作一只孤鹤钻进芦苇丛。本来是一副贫苦牢骚之象，读起来却多了几分诙谐明朗。

林茂之冬天无棉被，夏天也没有蚊帐。他晚年家住偏僻的陋巷之中，屋后是大片的水田和菜园，一到夏天，蚊虫又多又毒，直到秋天都不肯散去。林茂之饱受蚊虫之苦，浑身上下被叮得疼痛不堪。朋友们不忍心看他如此遭罪，纷纷给他送来蚊帐。可是下次林茂之出门还是顶着一身灿烂的大红包。友人们很好奇："以前没蚊帐被咬，现在有蚊帐了怎么也咬成这副模样？"林茂之呵呵一笑，轻拍自己肚皮道："江湖救急。"原来他把别人送来的蚊帐都拿去卖了换米。友人施愚山说："夏天没有蚊帐比冬天没有棉被还厉害，你还是好好守着蚊帐吧！"林茂之回答道："饥饿猛于蚊也。"友人皆笑倒。

后来施愚山又从豫章寄来一顶纻帐，害怕林茂之再拿去卖掉，就在上面题了一首诗：

北窗高卧岂知贫，料理偏愁白发人。
纻帐亲题林处士，草堂长伴百年身。

题完之后还不放心，又嘱咐其他友人各题一首，这下等于在蚊帐上给林茂之写了名字。林茂之一看蚊帐上题得满满当当，估计也卖不上什么好价钱，只好自己用了。

林古度题名书房匾

任他霹雳眉间过，谈笑依然不转睛

——钱邦芑剃头拒官

1643年，张献忠建立大西政权，联和南明一同抗击清军。张献忠死后，他的义子孙可望成为军队统帅，率军进入贵州。孙可望为人残暴，视人命为草芥，刚一进入贵州就明目张胆地打着“顺我者昌，逆我者亡”的口号杀掉了一批不愿听命于他的大臣。朝臣人人自危，纷纷归附。当时钱邦芑担任南明御史一职。他为官正直廉洁，口碑一向很好，而且门生遍天下，是贵州一带的士人领袖。孙可望看中了钱邦芑的名望，想要拉拢他为自己所用。他以重金高官为诱饵，前后十三次派出使者游说。可钱邦芑不愿与他同流合污，次次将使者拒之门外，最后干脆辞了官职，带着家属隐居到了贵州东部的余庆县蒲村。孙可望很恼火，扬手抽出自己的配刀交给使者，说：“他若听命来归，自有好官豪爵等着他，若他还是顽命抵抗，你就用这把刀把他的头割下来见我。”

大错和尚像

这天正好是钱邦芑的寿辰。钱邦芑正与一帮友人、门生在院中饮酒赋诗，门口忽然传来一阵骚动声。片刻工夫，一队手持利刃的士兵闯进来将他们团团围住。孙可望的使者站在士兵前面，炫耀地拂了拂手上的宝刀，乜着眼说道：“钱先生，上面的大人物可是发话了，要么人跟我走，要么人头我带走。您可好好掂量。”

钱邦芑左右为难，这时一位名叫胡凫庵的老友竟然站起来给他敬酒，没头没尾地吟了一句：“痛哭花前莫相讶，不如往泛五湖船。”钱邦芑思索了片刻，将酒杯接过，仰首一饮而尽，然后转身拿过使者的刀。钱邦芑的家人一看这架势，吓得当场便小声抽泣起来。在座的门生和友人也一个个噤若寒蝉，不知如何是好。钱邦芑并没有引刀刎颈，而是吩咐家人将他的头发剃去，一边剃一边吟诗道：

一丈横担日月行，山奔海立问前程。
任他霹雳眉间过，谈笑依然不转睛。

“日月行”喻指衷心为“明”。这一颗碧胆忠心，就是横刀于眉，也毫不更改，忠贞不渝。使者不明诗文何意，还傻傻地以为钱邦芑要剃个清代发式投清。等钱邦芑头发全剃完了他才回味过来，原来钱邦芑是要出家当和尚。钱邦芑剃发明志，自号大错和尚。门下士子先后跟随钱邦芑剃发的有十一人，钱邦芑将故居改为大错庵，和众弟子同住。孙可望无法，只得作罢。

钱邦芑书法

当然，像钱邦芑这样能不畏强权、坚守气节的人毕竟是少数，大部分人还是会选择屈节自保，更有一些小人专门投机取巧。当时礼部主事方于宣最先归附孙可望，被孙提拔为编修。他日日在孙可望面前溜须拍马，不仅为孙可望撰写了一部国史，为孙可望的义父张献忠作了太祖本纪，还制成天下录簿，订朝议，言帝星明于井度，上书劝孙可望称帝。后来大西政权内乱，孙可望为李定国所败，归附清朝，方于宣算是白忙活一场。他为了权势为虎作伥、厚颜无耻的行径早就传开了。如今孙可望降清，方于宣失去了靠山，成为众矢之的。相反，钱邦芑守死抗节，得到众人称赞，在士人中更显威信。方于宣害怕被士人排挤，就给钱邦芑写信示好说：“我准备召集一支义军，擒住孙可望以报答国家。”钱邦芑看到信后大笑不已，心想：这方于宣果然是个小人。于是提笔写下了一首绝句回给他：

修史当年笔削馀，帝星井度竟成虚。
秦宫火后收图籍，犹见君家劝进书。

诗中毫不留情地讽刺方于宣厚颜无耻，到处倒戈。方于宣看到回信后，脸色一阵红一阵白，再也不敢去巴结钱邦芑了。

谁无生死终难避，各有行藏两不如

——阎尔梅《答陈百史》

清初诗文家阎尔梅(1603—1662年)，字用卿，号古古，因生而耳长大，色白于面，所以又号白耷山人。他为人清高，从不轻易与人交游，对陈百史却是青眼有加。而且阎尔梅认识陈百史时，陈还只是一个落魄书生。

阎尔梅画像

一次阎尔梅外出游历，回来的路上恰遇大雪封山，只好暂住在山林间一所破败的小寺庙里。一夜寒风呼啸，第二天天还未亮就听见院子里有窸窸窣窣的读书声，阎尔梅心想：这昏天暗地的，怎么会有人起这么早读书呢？于是披衣出门，准备到院子里看个究竟。只见院角的一株老梅树上挂着一盏酥油灯，一个青袍书生正举着一本书站在冰天雪地之中，此人正是陈百史。

陈百史见有人出来，连忙拱手让礼，说道："不知兄台也借住在此，扰了兄台好梦，还望见谅。"阎尔梅拱手回礼。交谈一番过后，得知陈百史本打算进京赶考，因路费一直没着落，不得已才困顿于此。在以后的几天里，两人就在这残破的小院中煮酒论诗，谈天说地，好不尽兴。当时阎尔梅已经是"复社"巨子，在文坛上小有名气，而陈百史只是个无名书生，可他并没有因为两个人身份上的差距显得拘谨不安。阎尔梅看这书生衣着朴素谈吐却不凡，待人接物进退有度，不卑不亢，不由心生好感。再看陈百史平时的诗文作品，更是赞赏有加。临别的时候，阎尔梅将身上所带的银子全都赠予陈百史做路费，并鼓励他说："以您的才华，一定能高登巍科。"

第二年秋闱，陈百史果然高中榜眼，可还没等他混上个一官半职，清军就入关了。阎尔梅到南方参加弘光政权，做了史可法的幕僚。明亡后，他继续坚持抗清活动，散尽万贯家财，结交豪杰之士。为了没有后顾之忧，他亲手杀死自己的妻妾，平了祖先的坟墓。而他昔日最为欣赏的陈百史却在这个时候投降清朝，还入了内阁，成为清廷中最受重用的汉人官员。阎尔梅听闻消息后长叹了一口气，提笔写了“卿本佳人，奈何从贼”八个字让人捎与陈百史。

阎尔梅毁家疏财，奔走了十几年的抗清活动最终还是以失败告终了。为了逃避清兵追捕，他不得不隐姓埋名，避难他乡。陈百史派亲信到阎尔梅藏身的地方传话说：“先生这么躲来躲去也不是办法，如果先生肯换个名字参加会试，我家老爷一定让您高中会元，所有问题都能迎刃而解。”阎尔梅听后笑而不答。陈使数次催促，阎尔梅让他伸出手掌，在他手心处写了一个“嚇”字，借鸱得腐鼠的典故来讽刺陈百史，并写了一首《答百史》作为回信让使者带回：

海外生还九死余，先慈未葬故踌躇。
绝无世上弹冠想，徒有年来却聘书。
伏腊不关新晦朔，湖山犹访旧樵渔。
侍郎休问田园事，先帝宫陵亦厩墟。
放废苫茨学种蔬，劳君频寄欲何如？
逢萌应诏还迷路，矫甚逃名不报书。
清夜闻钟呼客梦，空山结屋傍僧居。
当时风雨鸡鸣约，二十年来岂尽虚。
未必长安好僦居，五云堂下即穹庐。
谁无生死终难避，各有行藏两不如。
龚胜坚辞新室组，臧洪迟复故人书。
寥寥此意期君解，掊拾还来共鹿车。

诗中一片浩然正气，“谁无生死终难避，各有行藏两不如”句更是寓理于气，表明自己尽心、尽责、尽伦、尽义的道德标尺。陈百史见到回信，明白阎尔梅这么清高的人是不屑走曲奉二朝这条路的，从此不敢再提此事。

与陈百史相比，胡谦光就没有那么幸运了。胡谦光是阎尔梅的一位旧日好友。阎尔梅复明失败，在外乡避了几年风头后就回到了故里。此时胡谦光正在沛县做县令，他素来仰慕阎的才华，听闻阎尔梅还乡的消息后，多次写信邀他入朝为官。阎尔梅都不予理睬。胡谦光以为这位昔日的旧友是顾忌面子故作矜持，干脆亲自跑到家里去游说。阎尔梅怒目圆睁，当场割下袍摆与之断义，他还在袍摆上写了一首绝交诗，骂道：“贼臣不自量，称予是故人。”胡谦光本想要帮老友一把，没想到被骂了个灰头土脸。

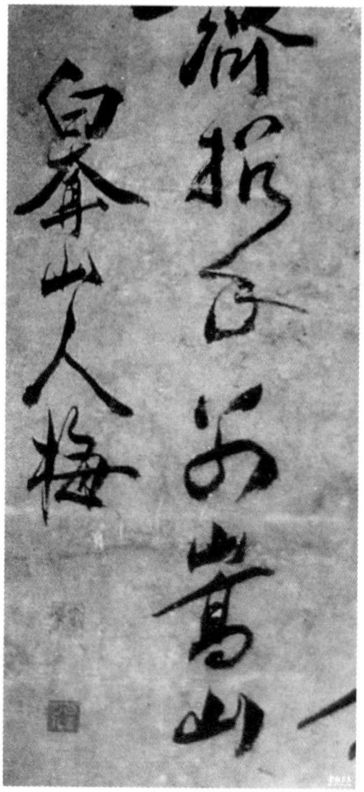

阎尔梅书法

明朝灭亡之初，凭借一时血勇之气奋起反抗的遗老故臣不在少数，但最终都经不住苦难的洗磨和权势的诱惑渐渐销蚀了斗志。尤其是钱谦益、吴伟业、侯方域等一批名士的降清促使那些坚持抵抗的士子精神走向崩溃边缘，纷纷举起白幡。像阎尔梅这样决绝抗清，漂泊半生终死不悔的人少之又少。阎尔梅的后半生一直漂泊于大江南北和中原腹地，为抗清流尽最后一滴血，直到康熙十八年，他含恨而终时，亦不忘告诫家人，绝不能用满人的圆顶墓为自己掩棺。阎尔梅始终秉承着以社稷道德为立身之本的士子精神和凛然之气，以沉重的人生代价书写了一代遗民的慷慨悲歌。

正气千秋应不散，于今重复有斯人

——杨廷枢绝命诗

杨廷枢（1595—1647年），字维斗，江南吴县人，南京兵部尚书庄简公杨成之孙、诸生杨大溁之子。他少时与徐汧交好，为诸生时以气节自任，曾为东林党人周顺昌平反奔走呼冤而闻名。崇祯庚午，举应天乡试第一，后与金壇周钟同为复社长，名闻四海。入清后，好友徐汧殉国而死，杨廷枢隐居邓尉山中，自此不理世事。

杨廷枢画像

顺治四年，松江总兵吴胜兆起兵反清，为他筹划的正是杨廷枢的门人戴之俊。杨廷枢因为戴之俊的关系受到牵连，被捕入狱。当时办案的巡抚为杨廷枢感到惋惜，私下劝他说："先生本是无辜受牵，不该遭此无妄之灾。只要您把头发剃了，留清代发式向朝廷表表衷心，我在边上替先生说话，事情尚有挽回的余地。"杨廷枢感叹说："我自幼饱读圣贤之书，非常仰慕文信国的为人。当日明亡，我未曾以身相殉，今日之事，也算了了我素日里的心愿。砍头是小事，让我剃发却是万万不能的。"

在押往吴江泗州寺行刑的舟中，杨廷枢自知命不久矣，他撕下衣襟衬布给家里写了一封遗书，书中写道："一家视死如归，轰轰烈烈，举室成仁无愧。"书毕，又一口气在后面题了十二首绝句，其中两首云：

人生自古谁无死，留取丹心照汗青。
正气千秋应不散，于今重复有斯人。

浩气凌空死不难，千年血泪未曾干。
夜来星斗中天灿，一点忠魂在人间。

这些诗句慷慨激昂，字里行间透露出献身于国、崇尚气节的浩然正气。临刑时，杨廷枢神色不改，大声喊道“生为大明人”。行刑者急挥刀，杨首级落地仍不死，又说了句“死为大明鬼”，这才闭目咽气。观者无不咋舌。

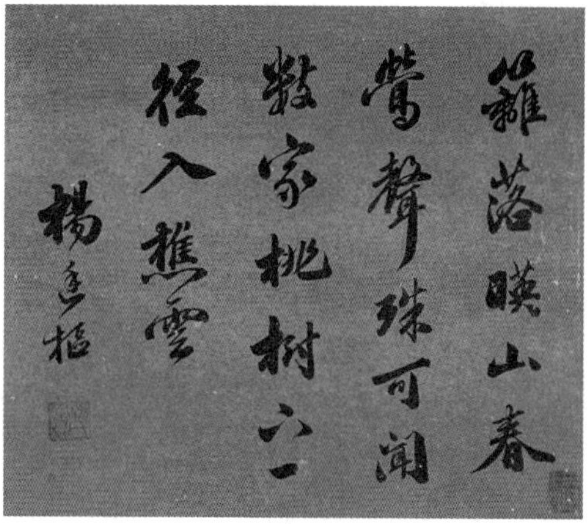

杨廷枢书法

杨廷枢斩首后清军将他悬首示众，“责令馈千金赎取”。门生迮绍原等凑银两将其首级赎出安葬，并私谥“忠文先生”。乾隆十年（1745年），知县丁元正仰慕杨廷枢气节，在泗洲寺左侧建“杨忠文先生祠”，今祠犹存。

凤凰不来兮我心悲，抱琴而死兮当告谁

——狂人邝露抱琴亡

《渔洋诗话》有诗云："峄阳之桐何牂牂，纬以五弦发清商，一弹再鼓仪凤凰，凤凰不来兮我心悲，抱琴而死兮当告谁？吁嗟琴兮当知之。"这首诗中所叹抱琴而死的主人公正是邝露。

邝露画像

邝露（1604—1650年），原名瑞露，字湛若，广东南海人。他个性放荡不羁又天真烂漫，颇具孩童之气。王士祯在《池北偶谈》中评价他说："（邝露）狂生也，负才不羁，常敝衣趿履，行歌市上，旁若无人。"

虽然性格狂放，行为怪异，但是不能不承认的是邝露确实很有才华。邝露尚为诸生时，学使者到书院考察诸生学业，要求他们以"恭宽信敏慧"为题当场构思作文。邝露不假思索，挥笔而就。这时距离开考不过一刻钟，邝露环视一周，见大部分书生还在咬着笔杆皱眉思索，于是又得意扬扬地将文章用大小篆、隶、楷、行五种字体分别誊抄，把答卷交给考官后大笑而去。考官爱才，未忍降罪。

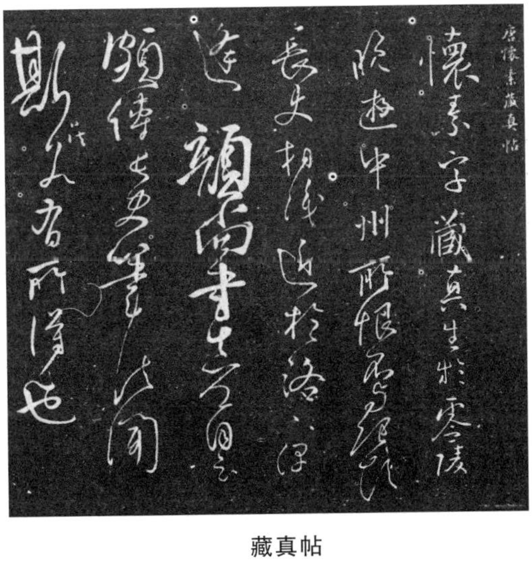

藏真帖

除了文思敏捷，书法俊逸，邝

露在字画鉴赏收藏方面也独具慧眼。大学士何吾驺书法精妙，他练字兼习章草，气格别致。当时书坛四大名家邢侗、董其昌、米万钟、张瑞图等推服其为“树一帜于岭外”。何吾驺担任过两任首辅，人称何阁老，在政坛词林都很受人敬仰。罢官后，他经常召集文人聚会，吟诗饮酒，品鉴字画，座上宾客皆非俗流。一日，何吾驺又广发英雄帖，邀请书法界、收藏界的翘楚、同仁带着自己收藏的宝贝前去赴会比拼。邝露家里藏有怀素的藏真帖，价值千金，得知何吾驺书画会友的消息后便带着这幅字不请自来。在这个政要大腕云集的宴会上，身为一介书生的邝露很容易被忽略，但是当他展开带来的怀素行书后立马吸引了所有人的目光。何阁老更是惊赞不已，当下表示愿意让邝露在自己的藏品中任选十件来换这幅藏真帖。邝露的性格最受不得吹捧，心下一高兴就把字幅送给了何阁老。回去以后，被人吹捧的心理满足感渐渐消逝，邝露清醒过来后懊悔不已。价值连城的宝贝白白给了人家，他越想越心疼，饭吃不下觉也睡不着，于是又连夜划船返回香山，非要吊死在何吾驺家中。何吾驺无奈，只好将字卷完璧归还。

《渔洋诗话》中提到的邝露最珍惜的两把琴一曰南风，是宋理宗宫中物，一曰绿倚台，唐武德年间所制，明代康陵在御前弹奏所用。据说这琴是他为心上人所买，不知为何一直没有送出去。邝露每次出门都用云锦将琴细细包好，带在身旁，就连睡觉也要放在枕旁，从来不让外人触碰。后来广州城破，邝露赤脚披发，在河边弹了一曲《凤求凰》，然后抱琴投水而死。绿倚台打捞上来后，被一位晋商高价买走，南风至今不知所踪。至于邝露那神秘的心上人，至今仍然是一个无人知晓的迷。

邝露抱琴像

只因同志催程急，故遣临行火浣衣

——吴钟峦绝命诗

吴钟峦(1577—1651年)，字峦稚，号稚山，别号霞舟，江南武进人，崇祯甲戌进士。

吴钟峦画像

吴钟峦弱冠为诸生，出入文社，讲会者四十余年，海内推为名宿。他性格刚直有节操，尤其重视培养后学。顺治三年，吴钟峦随鲁王到浙海，选拔地方上一些优秀的学生为弟子，并带领他们拜见鲁王。人们笑他迂腐，吴钟峦正色说："'王国克生，维周之桢。济济多士，文王以宁。'正是因为身处乱世，才更要注重士的教育。"

国逢乱世，朝政尽归武臣，吴钟峦亦自知无力回天。他早有归隐之心，但又不忍弃万民于水火。辛卯年，舟山师溃，明朝复国的希望彻底破灭。消息传来的时候，吴钟峦正与老友张青堂夜饮。他对老友感叹道："明朝不复存也。昔日我的恩师高忠宪公和我的好友李忠达死于阉祸，我尚为诸生，不得从死；我的好友马君常死于国难，我为远臣，不得从死；后来我的门生钱希声，我的儿子福之为倡导大义而死，我也只写了诗悼念；如今我已经老了，干不成什么大事，不趁这时候找块净土，日后如何有脸面见先帝与诸君啊！"

这天晚上回来后，吴钟峦在自家墙壁上题下了十几首绝命诗，将复国无望的不甘、命运不可扭转的无奈以及对已故战友的思念一股脑地倾诉出来，其中最有名的一句便是"只因同志催程急，故遣临行火浣衣"。题罢诗后，他又仔细地沐浴更衣一番，吩咐家人在文庙垒台积薪，捧着夫子神位在台上自焚而亡。

旧时日月湖边路，诗酒于焉不再逢

——黄宗羲写诗悼亡友

黄宗羲（1610—1695年），字太冲，号梨洲，浙江余姚人。他的父亲是东林七君子之一黄尊素。黄宗羲有父亲遗风，学问极博，思想深邃，著作宏丰，与顾炎武、王夫之并称明末清初三大思想家，有“中国思想启蒙之父”之称。

黄宗羲画像

黄宗羲虽是一介书生，性子却极其刚烈，敢作敢为。崇祯十七年春，明朝灭亡，南京弘光政权建立。兵部侍郎大肆绞杀进步东林党人，黄宗羲与抗清义士沈士柱一同被捕入狱，囚于故宫。后来清兵攻下南都，黄宗羲等人趁乱逃回老家。沈士柱流离江楚，归寓南湖。

牢狱之灾没有磨灭、吓退他们的激昂斗志。黄宗羲回到余姚后，变卖家产，召集六百余青壮年组成“世忠营”，响应孙嘉绩、熊汝霖起兵抗清。顺治六年又与阮美、冯京第出使日本寻求外援，渡海至长崎岛、萨斯玛岛，未果而归。沈士柱寓居在南湖时仗义疏财，广交天下英雄，食客不遗屠贩。他曾拜访兵备道余诞伯，与之执掌谈大义。因被好事的小人告发，在南都关了一年。出狱后，豪健好客如前，最终又遭祸难，于顺治十四年在南都被杀害。时隔两年之后，黄宗羲才得知沈士柱死讯。回想起当年十八人同囚于故宫受难，逃出后又一直为复明大业奔波，自己的弟弟黄宗炎两次牵连被捕，几遭毒刑，家中故居两次遭火，儿子、媳妇、孙女先后病夭，如今同患难的战友也遭遇不测，支撑他继续走下去的精神支柱轰然倒塌。复明的希望越来越渺茫，今后应该何去何从？黄宗羲心中百感交集，和泪写下了这首《哭沈昆铜》：

传死传生经二载，果然烈火燎黄琮。
胸中毕竟难安帖，此世终于不可容。
千里寒江负一纸，百年陇上想孤松。
旧时日月湖边路，诗酒于焉不再逢。
高天厚地一蘧庐，君亦其间何所需。
此时党人宜正法，彼云华士又加诛。
盛名自古为身累，大厦真思一木扶。
月表有人留季汉，应知俗论不能糊。
君才自是如江海，上下吾曾与议论。
红叶湖头留画舫，春风白下叩名园。
荆溪莫掩残杯口，司马难销亡国魂。
此后是非谁管得，街谈巷说任掀飞。

诗中哀念老友殉难，回顾过去的战斗友谊。甲午年（1654年），沈士柱曾写信请黄宗羲共同举义，黄宗羲因故未赴，故有“千里寒江负一纸”语。“百年陇上想孤松”句悬念其尸首得收否。“旧时日月湖边路，诗酒于焉不再逢”句再次遥忆昔日友谊，感叹斯人已逝，徒留哀思。

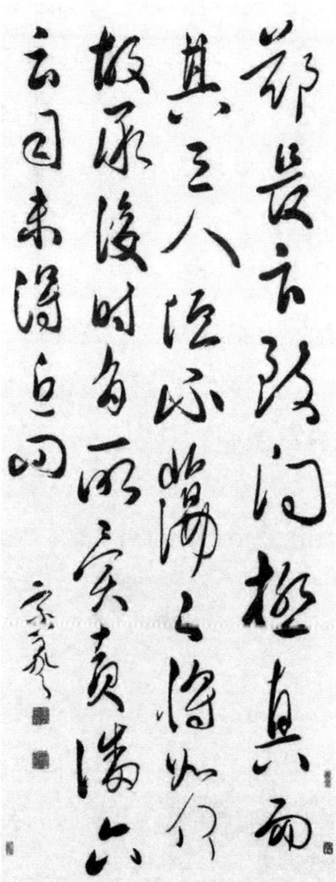

黄宗羲书法

在黄宗羲的诗中，不但有很多像沈士柱这样为复国大业抛头颅洒热血的义士、战友，还记述了很多勇于殉国殉夫的贞节烈妇。《卓烈妇》写的就是这样一个忠烈勇义的女子。

卓烈妇原为广陵诸生钱颖之女，十七岁时嫁给前指挥使卓焕为妻。卓焕出身于忠烈世家，他的先人忠贞公为国殉难，卓家为此被株连九族，但是忠贞公的儿子逃了出去。到了宣德朝，卓焕的二世祖得戍广宁卫，三世祖凭借军功累官广宁指挥使，卓焕继承祖职。后来清军南下，广宁卓家迁居扬州，随史可法守扬州城。

乙酉夏四月，清军将扬州城团团围住，卓焕带领军将们奋死抵抗，但是扬州城中粮草将尽，胜负早成定局。扬州城破的前一天，卓焕将家人召集在一起，叹着气对烈妇说："卓某对夫人不住，扬州城破之日，便是我卓某人头落地之时，以后一家老小还要靠夫人照料扶持。"

卓烈妇像

烈妇回答说："守城之将自当与城共存亡，官人报国如此乃是我卓家之荣，何来愧疚一说。只是扬州一旦落入敌手必将遭受屠城之灾，我等妇孺如何活得下来？"

卓焕道："此事早有计较，后院假山之下有五尺地窖，原为储冰所用，今日正好容你们藏身避难。"

烈妇不同意，起身将幼子抱在怀中，说："官人是守城将领，应当与城共存亡，我们是官人的妻子，自当与官人共存亡。国难当头，命何所惜？贱妾情愿先做了结，免得受蛮人欺辱，抹黑了咱卓家颜面。"说完便抱着三岁的幼子往后院跑去。家人赶忙在后面追赶阻拦，最终还是迟了一步，烈妇已经抱着儿子投池自尽。卓焕的姑姑年少寡居，一直住在卓家，看到侄媳如此贞烈，也跟着烈妇跳了下去。卓焕的两个未出嫁的妹妹，三个年幼的弟弟随后跳入池中。"国难当头，命何所惜"，烈妇一句话，使未亡之人、未嫁之女、孩提之童，一时感愤激烈，相率从死，真是令人感慨。

这件事在当时流传很广，萧山王自牧为烈妇作传，黄宗羲为之赋诗四章，名曰《卓烈妇》：

兵戈南下日为昏，匪石寒松聚一门。
痛杀怀中三岁子，也随阿母作忠魂。
无数衣冠拜马前，独传闺阁动人怜。
汨罗江上千年泪，洒作清池一勺泉。
问我诸姑泪乱流，风尘不染免贻羞。
一行玉佩归天上，转眼降幡出石头。
王子才华似长卿，断肠数语写如声。
如今杜宇声声血，还向池头叫月明。

“汨罗江上千年泪，洒作清池一勺泉。”屈原怀抱香草美人的理想，带着“众人皆醉我独醒”的伤感行吟河畔，自投汨罗。黄宗羲将卓烈妇喻为千古爱国诗人屈原，可见评价之高。

黄宗羲少时曾游学于钱谦益门下，受他指点提拔。彼时的钱谦益还是被誉为“清流之首”的士人领袖，后来他屈节做了降臣，到了晚年又幡然觉悟，不但辞去清朝官职，还倾尽家产帮助抗清义军，所以钱谦益的晚年很不好过，家中负债累累，只靠卖文度日。

甲辰夏日，八十三岁的钱谦益在病床上满面愁容。他自知不久于人世，可是这会儿家里穷得连丧殓费都凑不齐。毕竟在人前风光了大半辈子，晚境虽然大不如从前，可也总不能寒碜地拿破席卷一卷了事。正在他筹措无计的时候，管家老钱弯着腰进来报告说：“老爷，盐槎使顾大人派人来向您求文，并附一千两银子作为润笔费。”

钱谦益大喜过望，这笔钱真是雪中送炭，不但解决了丧葬费的问题，还能还上不少债。他扶着管家的手颤颤巍巍地坐到了书桌前，哆嗦了半天，也没写出两行字来，只好让人把陈金如叫来代笔。可是陈金如写成以后他又觉得不甚满意，这样的文章送去，只怕对不住这千金润笔。左右为难之际，门房上来报说黄宗羲黄先生来了。黄宗羲是钱谦益最得意的门生，文采气识丝毫不逊于师。这真是福星从天而降，钱谦益一下子就从病床上弹坐了起来，招呼管家赶紧将贵客迎进来。

黄宗羲刚一进门，钱谦益就开始向他大吐苦水，又说贫无丧资，为人写文之事，请黄宗羲帮忙代写。黄宗羲不欲应承，推辞道：“顾大人仰慕先生文名，学生代笔怕是不妥。”钱谦益好容易遇上这根救命稻草，哪里容得推辞。他挣扎着起身，拖着黄宗羲的手把他带到了书房，然后转身关门上锁，还在门外嘱咐道：“题目都在书桌上，委屈你了。”

钱谦益小像

想不到老师竟然用这么无赖的方法，看来真是被逼急了。黄宗羲急欲外出，仅半天工夫三篇文章就已经写好了。钱谦益让人将文章誊作大字，在枕上细读，叩首拜谢。

虽然钱谦益晚年拼命弥补当年的过失，但他知道自己早已臭名远扬，覆水难收。等他百年之后,后人还不知道要将他骂成个什么样子。他晚年资助抗清义军之事只有柳如是和黄宗羲知道,黄宗羲临走的时候,钱谦益又把他招至床前,嘱咐道:“只有你才懂得我的心意,等我百年之后,身后之事还要托付给你。”话中之意大概是想让黄宗羲看在他晚年悔改的份上帮他留个好名声。这可不是个轻松差事。钱谦益参与复明是杀头的死罪,万万不能拿出来明说,而他降清却是人人都知晓的。黄宗羲身份尴尬,说得太好必然遭人诟病,骂他阿谀奉承,不辨是非;说得太过又会被指责背弃师门,不念旧恩。黄宗羲很是为难。

康熙三年五月二十四日,钱谦益在“志梦华之感”的无限悲怆中走完了自己的人生路程。不知是何原因,孙爱并未遵从父亲遗愿,而是另求龚孝升写了墓志碑文,黄宗羲才得以免于是非。虽然没有为钱谦益作墓志,但他还是写了一首《八哀诗》悼念这位旧日的师长:

四海宗盟五十年,心期末后与谁传?
冯衵引烛烧残话,嘱笔完文抵债钱。
红豆俄飘迷月路,美人欲绝指筝弦。
平生知己谁人是,能不为公一泫然。

黄宗羲的这首诗除了表达了对钱谦益崇敬与怀念之外,更多的是对他生不逢时的感叹。先是乌烟瘴气的明王朝,懒惰无能的明皇帝,后又赶上改朝换代。钱谦益有才而迂腐,又爱官如命,置身宦海,辛酸沉浮,虽然最后毁家纾难,慷慨大义,最终还是落了个既不忠于清又不忠于明的“贰臣”骂名。可惜!可叹!

人生何用读五车，但须一识忠孝旨

——甄山士自埋绝食

广东甄底山一带一直传唱着这样一首歌谣：

甄山士，甄山士，甄底山头授书史。
人生何用读五车，但须一识忠孝旨。
轺车北来饮江水，金凫银雁飞都市。
越国风尘高蔽天，两缸覆我甄山前。
上有碧落下黄泉，冥冥长夜年复年。
普天绝无干净地，甄山犹存土一篑。

这歌谣里唱的甄山士原是住在甄山下的一位教书先生，明朝灭亡时绝食而死。如今这位先生的姓氏已不可考，但是他绝食殉国的故事却随着歌谣流传了下来。

丙戌之役以后，明朝大势已去，再无回天之力。先生对乡里人说："国不复在，吾不复食，两缸覆我于甄山前足矣。"先生平时为人幽默，乡亲们以为他又在说笑，于是就笑着答应了他。过了两天，先生问乡人大缸准备好了没有。乡人仍以为他在开玩笑，就把大缸抬到先生面前。先生又请他们把缸抬到山上去，在山上挖了个坑，把其中一口大缸放进去，自己端坐于缸内，让乡人把另一口缸盖到上面。

第二天，乡人在外面喊道："先生，出来吃饭了。"先生说："吾不复食也。"乡人笑着离去，心想：饿得挺不住了自然会出来。又过了一天，乡人又来了，试探着喊道："先生？"先生说："在。"乡人大惊，说："我把先生扶出来吧！"先生连忙拒绝说："万万不可，我心意已决，人不可复出也。"后来乡人连呼五日，先生都有应声，到第六天的时候才没了动静。乡亲们打开缸一看，先生还是像第一日那样，坐得端端正正，面容安详，只是已经没有了气息。

俞陛云听说了这件事后感叹道：“神州板荡之时，达官贵士尚且苟且偷生，贪恋富贵。先生虽为乡曲小儒，却勇于杀身成仁，士哉！”于是写信叙述此事，又作了一首诗寄予陆世仪索和。陆世仪向来仰慕士风，读完俞陛云信后也对先生义行赞叹不已。当地的乡亲仰慕先生的气节为人，自发地为先生建了一所乡贤祠。头年先生祭日，俞陛云、陆世仪亲往祭拜。黄宗羲仰慕先生高义，作了这首《甄山士》，刻于祠堂门外的石碑上。不知是何人将它谱成了小曲，从此便在乡人中传唱开来。

山间田园

八千子弟封侯去，唯有虞兮不负心

——贫狂杜浚讽降臣

杜浚（1611—1687年），原名诏先，字于皇，号茶村，湖北黄冈人。张献忠举兵起义，杜浚为了逃避战乱流寓金陵，落脚在鸡鸣山中。虽然只有茅屋数间，不蔽风雨，但他依然安居若素，吟啸自若。

杜浚画像

杜浚晚年生活十分贫困，家中数次断粮。他曾在《今年贫口号二十四首》中描述自己晚年生活的窘况：“炎威无计出蓬门，那得朝饔与夕餐？稚子默然吾独愧，始知交谪反为恩。”诗下注道：“绝粮之日，家人胥谗。而幼女慧黠，独无一语。”

其实以杜浚的才能，完全可以不用过这种饥贫交迫的生活。当年他与周栎园诸公共赏秦淮夜景，就席赋了一首《初闻镫船鼓吹歌》，洋洋洒洒千余言，一时名声大沸，士大夫们都以不识其面为耻。杜浚归隐金陵之后，带着金银礼品慕名前来的金陵诸公贵人仍旧络绎不绝。但是杜浚性格狂傲，不愿屈节侍人。他在书房外装了一扇竹门，如果碰上他正在午睡或忙别的事情，就把竹门从外面锁上，再尊贵的客人来了也只能在竹门外等候，不得叩门。有时候他从竹门内看到外面是自己不想见的人就故意躲着不出来。日子一长，杜浚贫怪猖狂的名声便传了出去，前来拜访探望的人也少了。一个老朋友劝他要适量地圆融变通，不能太孤僻。他解释说：“杜某岂敢如此，只是一味好闲无用，但得一觉好睡，纵有司马迁、韩愈在隔舍，亦不及相访。”

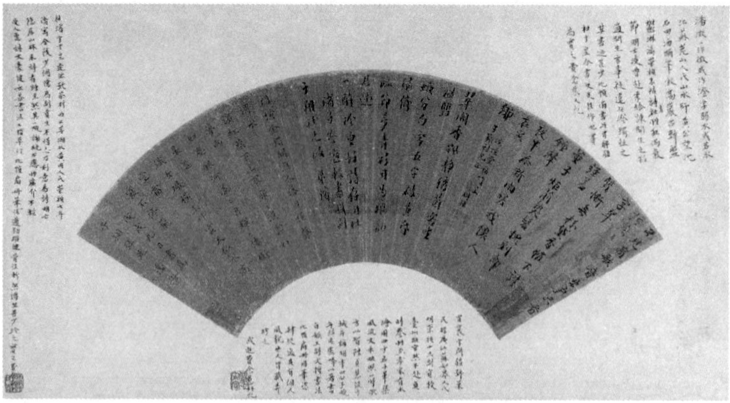

杜濬扇面

杜濬和其他读书人一样心怀济世之志，但他极为看重名节，至死不肯出任清朝，对那些“贰臣”们也十分看不上眼。有一次，龚芝麓宗伯在家里宴饮宾客，在座的除了杜濬没有官职外其余都是官员。龚芝麓仰慕杜濬才华，将其供为主宾。为了给大家助酒兴，他还特意找来了戏班演项羽故事。扮虞姬的是个楚伶，一位好事的宾客提议说：“楚人演楚事，杜先生也是楚人，何不即景赋诗一首？”

这句话明着是给杜濬一个展示才华的机会，实则暗讽杜濬只是一介文人，与优伶无异。杜濬自然能听出话外之音，他并无丝毫推辞，思索片刻后，挥笔写了一首《龚宗伯座中赠优人扮虞姬绝句》，诗曰：

年少当场秋思深，座中楚客最知音。
八千子弟封侯去，唯有虞兮不负心。

龚芝麓原在明朝兵科任职，明亡后出任清朝礼部尚书，在座的宾客也多是屈节降清的旧臣。杜濬诗云“八千子弟封侯去”，摆明就是讽刺他们贪慕荣华，背信弃义。龚芝麓看到诗后脸色黝黑，其他人也都讪讪无语。过了好一会才有人讪笑着将话题引向别处。

杜濬诗作很富，然而流传到今天的却不多。据《儒林琐记》记载，因为杜濬性子孤傲，不阿富贵，又好诋苛俗人，面指人过，在他死后，有人曾花重金购焚他的诗集。后来虽有同乡收集残稿，重新刊刻，只是数量不及原来十一，原貌亦不复见矣。

西京甲观论新乐，南国丁年说故侯

——新乐小侯刘文炤

《明史·刘文炳传》载，明崇祯十七年三月十九日，李自成率领农民军攻占北京，新乐侯刘文炳及其二弟左都督刘文灌投井自杀，其母、妹、妻妾等登楼自缢，并由家人共焚楼，阖门死者四十二人。当时刘文炳的三弟刘文炤年仅十五岁，自尽未遂，他后来逃往何处，流落何方，干了些什么，《明史》均未记载，我们只能从刘文炤及其与他有过交往的遗民的诗文中窥得一二。

刘文炤的祖母瀛国太夫人徐氏是崇祯皇帝的外祖母。甲申之变前，刘文炳已经看出明朝气数将尽，刘家作为皇室外戚必然在劫难逃。当时太夫人已经九十岁高龄，刘文炳不忍让她晚年不得善终，便把太夫人托付给了好友申湛然。据刘文炤回忆，崇祯十七年三月十九日，李自成攻破了北京城。刘文炤正在侍奉母亲吃饭，家丁急匆匆地从外面跑进来大喊："城已经被攻破了！"刘文炤吓得手里的碗都掉到了地上，直直地看着母亲。刘母让家丁把大家都召集起来，在大厅里悬挂起孝纯皇太后的画像，带领大家哭拜一番，并对他们嘱咐道："我们刘家世代仰沐圣恩，如今国难当头，大明不保，我们岂可苟且求活！如今唯有一死方能不堕家风。"刘文炤的二姐最先投缳自尽，其他女眷也纷纷跟从其后。刘文炤刚把头伸进白绫结的缳里便听见有人大呼："死不得！死不得！"白绫系的结突然松懈，刘文炤从凳子上摔了下来。他环顾四周，并未发现说话的人，于是又重新把白绫系好，准备再次自尽。这时刘母正好坠地，刘文炤跑过去一看，母亲已经没了气息。他突然觉得很害怕，便大哭着跑了出去，一路狂奔，一直跑到了申湛然家。他跪在太夫人面前哭诉，太夫人说："原本你哥哥就打算让你留下来继承刘家香火，如今自尽两次不死，这是天意啊！"

徐氏画像

李自成农民军进城后到处烧杀洗劫，豪门显贵无一幸免。刘母率领一家老小自尽前曾嘱咐家丁，等她们死后放把火将刘府烧掉。农民军去洗劫刘府的时候只剩下一堆灰烬，但是他们仍不死心，得知刘文炳祖母藏于申湛然家中后心想：申湛然与皇帝表弟关系如此之好，竟敢冒死替他藏匿家人，如今刘府不存，那刘府的财产一定在申湛然手中。他们就对申湛然严刑拷打，甚至使用炮烙之刑。申湛然自始至终未吐一字，最后身体糜烂而死。农民军又捉了申湛然的儿子，追问刘文炤的下落。当时刘文炤正暗藏于申家，申湛然之子守口如瓶，趁着看守的人不注意投井而死。

当时年仅十五岁的刘文炤已被封为太子少保都督，他不甘心就这样国破家亡，所以一直藏身京城，想要伺机反扑。但是迅速发展的政治形势很快就将他的幻想扑灭了。农民军在京城中到处搜捕，申家父子无辜受牵至死，他再待在京城中无异于自投罗网。眼下唯有潜逃出城，日后再作打算。临走前，刘文炤与太夫人辞别。太夫人拉着他的手说："你就准备这样逃走吗？走不到城门人家就把你捉了。"刘文炤不明所以。当时的贵族子弟从一出生就穿绫罗绸缎，有的甚至到死都不知道粗布是什么样子。刘文炤自小养尊处优，生得白白胖胖，如今虽然落魄，也还是衣着光鲜，粉面油光，一看就是贵族公子。太夫人找了一套下人的粗布衣服给他换上，又在他脸上抹了些灰，刘文炤这才逃了出去。

离开北京后，刘文炤先是逃回海州故里，后化名改迁到淮河、珠湖一带，此后又陆续在宝应、高邮、盐城居住过。高邮王心湛是刘文炤好友，刘文炤去世后，王心源为他写了《新乐小侯传》。据王心湛记载，刘文炤流落江南后并没有像他当初打算的那样积蓄力量，伺机反扑，而是整日结交文人墨客，饮酒作诗，追述甲申遗事。王心湛曾到刘文炤家中拜访，此时刘文炤困居在西街凤凰桥委巷中，日子已经过得很拮据了。家中仅有草屋几间，屋里挂着一幅巩驸马画的山水画，一张竹几，几上摆放的是从王心湛那里借来的几本书，还有刘文炤自己写的《殉难纪略》，此外再无旁物。然而他还是时常与王心湛、王养醇等人聚集在一起谈论故宫轶事，相与饮酒说诗，鼓掌笑乐以为常。

与刘文炤结交的人物大部分为明遗民，也有投降清朝的一些士大夫，比如钱谦益、吴伟业。他们因为屈节侍奉二朝被人诟病，虽然眼下的日子过得还算安逸，但内心总是惴惴不安，害怕同僚、士人的轻蔑谩骂，更害怕会遗臭万年，不得翻身。所以他们极其需要结交像刘文炤这样的忠良之后，尤其是在他落魄潦倒的时候帮上一把，以证明自己仍然心系故国。顺治七年夏天，刘文炤游历常熟的时候，钱谦益特意把他邀请到家里盛情款待，送给他盘缠衣物，离别时还作诗留念。诗曰：

宝玦相逢沟水头，长衢交语路悠悠。
西京甲观论新乐，南国丁年说故侯。
春燕归来非大夏，夜乌啼处似延秋。
曾闻天乐梨园里，忍听吴歈不泪流。

钱谦益将这位“新乐小侯”当成寄托故国之思的对象。“曾闻天乐梨园里，忍听吴歈不泪流”句既感叹王孙漂泊，又感叹国变前后自己的辛酸遭遇。

刘文炤流落江南时，在一次宴会上与吴伟业偶然相识。吴伟业拉着刘文炤的手嘘寒问暖，说起当年刘家一门殉国的壮烈往事更是长吁短叹，仰慕之情溢于言表，席中写下《吴门遇刘雪舫》一诗相赠：

出门遇高会，杂坐皆良朋。
排闼一少年，其气为幽并。
羌裘虽裹膝，目乃无诸伧。
忽然笑语合，与我谈生平。

除了钱谦益和吴伟业，刘文炤与阎若璩、魏僖、杜浚、李沂等人也都诗文唱和。当初逃离京城时，太夫人给了他一笔钱。可他爱好交游又不事生产，不久便坐吃山空，只能靠借债度日。与他交往的人虽多，但大多是仰慕刘家忠义之风，看重的是他忠门遗孤的名气，很少有人发自内心地关心他，设身处地地为他打算，更不愿意把自己的女儿、妹妹嫁与他受苦，所以刘文炤到五十岁的时候还是无妻无子，膝下只有一个女儿。清初著名的书法家宋曹与刘文炤交善，他才艺冠绝，为人正直，明亡后归隐盐城南门外汤村，自号耕海潜夫，筑蔬枰园养母。听闻文炤落魄江湖，宋曹写信规劝道“游山半载不如归，到处骊歌事事违，纵有绨袍何足恋，莫将落魄与人看”。康熙二十一年，刘文炤听从宋曹建议，移家盐城，与宋曹一起隐居汤村。刘文炤将独生女嫁与宋曹第四子桓贻为妻。桓贻早死，宋曹念刘家无后，令桓贻之子为刘文炤孙，取名刘存。

康熙二十六年，刘文炤贫困交加，病逝于高邮。宋曹亲自把刘文炤的棺木接回盐城安葬。康熙丁卯举人李儒溧在外出赴任的途中碰上宋曹往盐城运送刘文炤的棺木，有感于刘文炤的身世和宋曹的厚义，李儒溧写下《宋射陵先生载故新乐侯雪舫榇归葬盐渎》一诗。诗曰：

酸风冷雨赴重泉，一去忠魂不复旋。
已分全家成大节，独留遗种问苍天。
无儿有女知何用，甥死孤存倍可怜。
金钥飘零麟角绝，合抛弓冶付荒烟。

明亡初期，江南地区反清情绪最为高亢，清政府一直采用血腥镇压政策。到了康熙年间，清政府改镇压为怀柔，在经济上不再对江南地主阶级打压，在政治上也对南方士子更加开放、优容，从而大大缓和了清政府与南方政治力量之间的矛盾。所以很多明遗民包括曾经参加过抗清运动的知识分子在内都纷纷投向清朝，“有能初终一节，且老死牖下不恨者，盖实无几人”。刘文炤这样的贵族子弟，本来靠皇权恩赐的封建特权过着锦衣玉食的生活，没有什么谋生技艺，一旦皇权垮台便只能成为顾炎武所说的“游手逐食，靡事不为，名曰天枝，实为弃物”的寄生虫。可刘文炤虽然穷困落魄，他却能在遗民纷纷投清的形势下做到不改其志，坚守自己的原则，坚守民族气节，这也是难能可贵的。

身贱心难诎，名传义益高

——有气节的平凡人

明亡之后，许多本应该给社会做出表率的士子名臣纷纷投降清朝，反倒是那些处于社会底层的劳动人民为国殉节。清代诗人戴本孝的很多诗歌都是为赞美这些有气节的平凡人所写，比如《中山老妪》《安远侯隶卒》《长干丐者》。

中山老妪

三百年耕凿，恩深草木间。
轻微当暮齿，激烈仅孀嫠。
至性何关学，愚忠岂可删。
杀青存信史，留简记中山。

这首诗歌颂的是中山村野的一位老妇人。这位老妇自年轻的时候就开始守寡，家里只有一间破败的茅屋，唯一的儿子也被官府抓去前线，至今生死未卜。她独自一人孤苦伶仃，无依无靠，八十岁高龄还要日日下田，四季操劳。收回来的粮食有一大半要交给公家，再除去明年的种子，余下的还不够吃一年，所以每年青黄不接的时候都要去外乡讨饭。朝廷没有给过她什么富贵荣华，甚至不能给她一个温饱的晚年，但是她听说国变后还是毅然决然地投水殉节。

安远侯隶卒

大忠思一献，不售死何逃。
身贱心难诎，名传义益高。
忍为新手版，辱涴旧戎韬。
自此河边柳，薰条向碧涛。

清军挥师攻打南都，安远侯开门迎降。在城门等车的时候，军中一个不知名的小兵突然跑过来跪在安远侯面前，磕头劝诫说：“您世世代代蒙受国恩，万万不能够这样做啊！请您一定三思！”

安远侯当众被一个无名小卒斥责，恼羞成怒，命令部下将其拖走。小兵面黄肌瘦，身材娇小，可是两个彪形大汉硬是拉不起来。他十根手指紧紧地扣着地面突出的石块，指甲都翻了起来，执拗着不肯离去。看到安远侯无动于衷，小兵开始不停地磕头，每次额头着地都咚然有声，不一会儿就血污满面。队列里的士兵也开始小声议论起来。安远侯已经尴尬得站不住了，等不及马车来，他便疾步往前走去。小兵还是不肯放弃，他使劲往回拽着安远侯的袖子。安远侯十分生气，回头狠狠地踹他一脚，吩咐手下把他关到狱中。两边的士兵都没有动，小兵在地上滚了两圈，又哭着跟了上来。走到中河桥的时候，小兵看劝不住安远侯，就在后面大喊道：“您不听忠言，我只有以死劝诫了。”说罢翻身跳入河中。

安远侯隶卒

长干丐者

青天盖黄土，生死太寻常。
欲乞谁家食，甘同故国亡。
一瓢诗泪尽，双履迹沉香。
蒙袂真堪诔，斯人岂庙廊。

没有人知道这个乞丐变成乞丐之前的身份是什么，在那样漂泊动乱的时代，世事的变化比传奇小说更具戏剧性。也许他是一个前朝的官人、将军、秀才，或者他本来就是一个乞丐。从人们注意到他的那天，他就一手拄着竹竿，一手拿着一把破瓢，一会哭，一会笑。他从来不主动向人乞讨，大部分时候都在疯疯癫癫地自言自语。走到通济桥上，他把瓢挂在竹竿上，把竹竿立在桥边，然后脱了鞋爬上桥栏杆投河而死。行人发现他的瓢里写着一首诗：“谁把乾坤忽动摇，风吹淮水冷萧萧。逢人莫诉伤心事，乞丐如何爱此瓢。”

越王自爱看歌舞，不信西施肯献吴

——西施山戏占

鲁国君臣燕雀娱，共言尝胆事全无。

越王自爱看歌舞，不信西施肯献吴。

这首《西施山戏古》是诗人李寄于顺治二年重游西施山所作，诗中感慨的是他三年前初游西施山时偶遇鲁王宴请群臣之事。

1642年，清军南下攻打山东，兖州城破。朱以派遇难身亡，其弟朱以海死里逃生后袭爵鲁王。大顺军又入山东，鲁王仓皇南逃到浙江，以钱塘江为界，与清兵隔江对峙。

鲁王刚到绍兴的时候，绍兴的地方长官鲁某害怕招待不起这位贵客便偷偷躲了起来。鲁王知道了这件事很生气，他下令将鲁某招来，故意问道："本王来到绍兴，你作为地方长官却避而不见，是不高兴被本王抢了地方吗？"鲁某跪在地上吓得瑟瑟发抖，连称不敢。鲁王长袖一拂，将桌上的茶具尽数扫去，呛声道："不敢？你们一个个架子摆得比本王都大，有何不敢？"旁边的大保看鲁某像个老实人，从旁劝解说："鲁王驾临，鲁大人带领属下出城三十里迎接，怎会有不敬之想。怕是这几天事务繁杂，鲁大人无暇分身。鲁王初来绍兴，对此地风土民情不甚熟悉，不如明天就有劳鲁大人做东，张乐设宴，为鲁王接风洗尘，权当赔罪。"鲁某连忙磕头称是，回去后连夜变卖家产，凑了数百金给鲁王办欢迎宴。

第二天，鲁王召集大小官僚，在西施山上设宴款待。西施山得名于美女西施。春秋时吴越争霸，越国为吴国所败，越王勾践卧薪尝胆，日夜不忘重振故国。他派美女西施去吴国做卧底，西施山正是当年西施在被送去吴国前学习歌舞的地方。鲁王与勾践一样背负着国仇家恨，但他却没有像勾践那样卧薪尝胆，奋发图强，而是变本加厉地笙歌燕舞，戏酒自娱。他不仅召来了数十名侍驾随行的优人歌妓为百官劝酒，还命士兵临时搭建竹帘凉亭，让打扮得花枝招展的一众妃子们也在亭中开宴。

诗人李寄与朋友一起到绍兴游历，这位朋友是绍兴长官鲁某的表亲，两人便以鲁某家人的身份混了进去。只见鲁王头上裹着平巾，穿着小袖便衣躺卧在主席上，与身边的歌妓调笑打闹。席下的官员不时前来敬酒，鲁王来者不拒。他还亲自用象箸击打酒杯，为歌妓们伴奏。过了一会，鲁王又扔下筷子，走进嫔妃中间左拥右抱。嫔妃们娇笑俏呼不断，惹得百官都把目光纷纷投向帘中。须臾工夫，鲁王进出亭子三次，一会儿与嫔妃们亲热，一会儿与歌妓调笑，玩得不亦乐乎。歌妓们也纷纷起舞唱曲儿，与百官闹作一团。衣袖重叠，冠履交错，优人官人，几乎不能辨别，划拳调笑声可传到数里以外。李寄当时就感叹说："鲁王沉溺于犬马声色，与臣僚相处如儿戏，守江之将沉酣于江上。鲁王政权不久矣。"

顺治三年（1646年）六月，浙江大旱，钱塘江水浅不及马腹。失去了天险庇佑，清军很快就攻取了浙东，张国维兵败身亡。鲁王随即逃亡海上，后走石浦，依附张名振至普陀山。如今李寄再次登上了西施山，看着这熟悉的一草一木，当初鲁王宴请百官的热闹情景仿佛又回到了眼前。可是这脚下的土地早已属于清朝，如果当初鲁王能够像勾践那样忍辱负重，卧薪尝胆，也许今日就是另一番景象了。

西施浣纱图

冤死不必悲，所悲在国事

——方其义怒讽弘光帝

方其义画像

方其义（1620—1649年），字直之，安徽桐城人，其父为明代中丞仁植公，其兄乃明末四公子之一方以智。方家两兄弟的名字都来源于《易经》。《易大传》第十一章云"蓍之德圆而神，卦之德方以智；六爻之义易以贡。圣人以此洗心，退藏于密，吉凶与民同患。"经学大家方大镇据此为其长孙命名方以智，字密之。《易文言传》解释"坤"卦第二爻，"直其正也，方其义也。君子敬以直内，义以方外，敬义立，而德不孤"。方其义的名字就来源于此，姓方名其义，字直之，对照《易》之传辞，同样也是奇巧之合，高明之至。

方其义文武双全，聪灵早慧，才情与其兄不相上下。少时常跟随方以智饮酒狎妓，多与名士交往。成年以后跟随父亲带兵打仗，挽强弓，控生马，拳勇绝伦。惜乎生逢乱世，求生于战火烽烟的夹缝中，虽有文才武略，又有何人来识？甲申年，北京沦陷，方其义准备以身殉国。友人劝阻他说："太史（方以智）已经出家远走，生死未卜，中丞（仁植公）体弱多病，如果你再离开，谁为你父亲送终呢？"方其义这才打消了念头，转而侍奉南明弘光帝。

弘光帝朱由崧是福王朱常洵之子。洛阳被李自成农民军占领以后，朱由崧越城逃跑，流落到了江南，后来凭借福王印信被马士英等拥立为王，在南京建立弘光政权。马士英的莫逆之交阮大铖在崇祯朝时唯奸臣魏忠贤马首是瞻，坏事做尽。崇祯改元后魏忠贤被诛，阮大铖被贬为庶民，自此废弃十七年不得用。当初选帝时，大臣们都拥护英明睿智的潞王。马士英为了日后掌权选择了昏庸无能的朱由崧，并指使阮大铖联合阉党极力称赞朱由崧才华。朱由崧顺利登极后，马士英不断向皇帝上书为阮大铖邀功，希望皇帝赐予他重官。虽然满朝的文武百官都极力反对，但是朱由崧念及阮大铖当初对自己维护有加，欣然赐予他兵部右侍郎一职。都御史刘宗周、给事中熊汝霖上书力争，皇帝不但不听，反而让阮大铖兼领右佥都御史，巡阅江防。没过多久，又提拔他为左侍郎，晋兵部尚书，赐莽玉，使之兼领御史防江。

阮大铖得志以后，一心想要打击报复那些弹劾他、阻碍他升官的人。他拉拢杨维垣、张孙振等数十人，排挤打压正直朝臣，示意党羽作《蝗蝻录》《蝇蚋录》，污蔑东林为蝗，复社为蝻，诸和从者为蝇为蚋。后遇狂僧大悲之狱，阮大铖便与孙振密谋拟写了十八罗汉、五十三参、七十二菩萨的名单，并将支持潞王的人和东林、复社党人对号入座，将史可法、姜曰广列在首位，然后将名单放入大悲口袋，准备将政敌一网打尽，一时朝士人人自危。

方以智

当初正是因为魏党整日兴风作浪才加速了崇祯朝的灭亡，如今弘光帝不但不能吸取前车之鉴奋力复国，反而纵容魏党余孽阮大铖在朝中结党营私，谋害忠良。方其义出身忠烈之门，他的父亲方孔炤任湖广总督时在剿匪之战中立下汗马功劳，岳父张秉文战死在山东济南抗清前线，大姑母方孟式投大明湖殉节，姐夫兼挚友孙临又战死福建莆城，哥哥方以智更是在秘密斗争中生死未卜，嫂子和最小的侄儿也不知漂泊在何方。亲人们纷纷为国捐躯赴死，方家支离破碎，方其义本来怀抱着一腔复国的热情和希望投奔到弘光朝中，没料想却是遇上这般昏君佞臣当道，心中愤恨可想而知。他提笔写下这首《党祸》，讽刺弘光帝不辨是非、昏庸误国：

北都既陷贼，南都立新帝。
宵人忽柄用，朝野皆短气。
魑魅登庙廷，欲尽杀善类。
忤者立齑粉，媚者动高位。

麒麟逢鉏商，豺虎遂得势。
手翻钦定案，半壁肆罗织。
萧谴反被诬，赵鼎亦受訾。
直以门户故，忠邪竟倒置。
可怜士君子，狼狈窜无地。
我家为世仇，甘心何足异？
冤死不必悲，所悲在国事。
先帝儿难保，我辈合当毙。
仰首视百日，吞声一洒泪。

北京城已经落入敌手，南京拥立新的皇帝。可是皇帝是非不分，任用一帮宵小之徒。正直的大臣被罗织陷害、赶尽杀绝，擅长溜须拍马的奸邪无用之辈反而成了栋梁心腹。小人把持政权，国家还有什么希望？我方家为国肝脑涂地，死而后已。那些枉死的亲人尸骨未寒，国家就沦落到这副田地，怎能不令人痛心疾首！先帝基业不保，我等还有何颜面苟活于世？可是眼下明朝颓势已定，江河日下，再无人能挽狂澜于既倒，扶大厦于将倾，只能仰天长叹，饮泪息声。

没过两年，弘光政权便被清军覆灭。朱由崧在北京被杀害，方其义因为明朝复国无望整日郁郁寡欢，二十九岁便英年早逝了。

偶闻乡语便成悲，穷海田园忆昔时

——《人自故园来凄然相对而作》

顺治三年十二月，李成栋带领清兵袭劫广州城。此时的明王朝早已不复存在，只剩下几个不成气候的南明小朝廷苟延残喘。李成栋攻下广州之后留兵驻守，郑成功率部与沿海守卫的清兵对抗，两路人马每日都要厮杀上几场，无辜的百姓也遭到殃及。广州城中血流成河，伏尸遍地。中国人安土重迁，即使每天都生活在这样的腥风血雨之中，当地的居民仍然留恋乡土不忍离去。为了保卫自己的家乡不被侵占，让生活尽快重归平静，很多居民积极自发加入了郑成功的军队阵营，帮助他们共同抵抗清军。他们利用熟悉环境的优势四处挑关，留守的清吏疲于应付，干脆就顺着沿海分界线挖了一条数米深的大沟，命令居民全部迁到大沟以北，拒绝北迁的居民一律按照乱民处死。这样，郑成功的军队就被孤立在了沟南岸，广州城里秩序也稳定下来。

何巩道画像

挖沟移民的办法颇见成效，所以在沿海一带逐渐推广开来。康熙二年，清政府又强迫广州五县的居民迁往内地。诗人何巩道的家乡就在今广东省中山市的一个小镇上，所以他也是这批北迁的移民之一。因为不愿离开故乡而被政府处死的人不计其数，迁移后的人民也是流离失所，哀号遍野，凄惨不可言。到了康熙七年，郑成功的部队基本上已经退回了台湾，清朝政府才允许北迁的居民重新返回故乡。在赶往家乡的途中，何巩道遇到了一位一同北迁的同乡好友。好友刚从家乡返回，何巩道迫不及待地问起家里的情况，好友感叹道："劫后乡村，荒凉满目，半里饥烟，万家衰草。怅桑麻之非旧，泣草木之如新。"何巩道听后心中也是凄凉酸楚，唏嘘感叹之后作了这首《人自故园来凄然相对而作》，其诗曰：

偶闻乡语便成悲，穷海田园忆昔时。
栗里寂寥陶令菊，东山零落谢公棋。
野塘水浅空添獭，寒树条衰尚啸鸱。
语到此情杯酒冷，对君唯有咏新诗。

一直以来，文人骚客们怀古咏史总是感叹朝代交替、物是人非，何巩道感叹的却是受战火殃及的家乡人是物非。兵祸之后，原来人声鼎沸、熙熙攘攘的村落只剩下几朵寂寥的菊花在萧瑟的秋风中摇摆，午后老人们时常下棋聚会的地方也只剩遍地散落的棋子。孩子嬉戏、鸭儿成群的池塘如今变成了水獭的天堂，被火烧过黑黢黢的老树干上猫头鹰不时嚎叫。日思夜想的家乡变成了气氛森然的荒野空村，两个离乡背井的人心有凄怆，相对无言，只能借着杯中酒怀想故园昔时风光。

何巩道

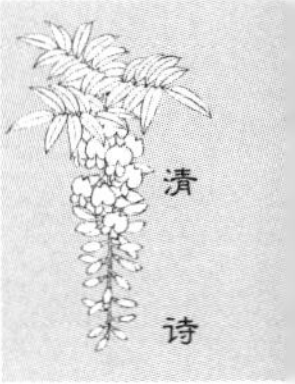

无端文祸　起于萧墙

文字狱即因文字贾祸之谓。最早的文字狱案始于春秋时期“崔杼杀太史”，其后各朝各代都屡见不鲜而尤以清朝最甚。清代统治者大兴文字狱目的在于压制汉人的民族反抗意识，树立满族统治的权威，从而加强中央专制集权。为了肃清反清分子，他们故意从诗词文章中摘取字句，随意附会，罗织成罪，大肆迫害文人士子。演变到后来，文字狱不仅是统治者压制文人的工具，而且也成为权势斗争中陷害政敌的常用手段。

胡儿尽向琵琶醉，不识弦中是汉音

——冯舒自大招祸端

冯舒（1593—1645年），字己苍，号默庵，江南常熟人。他是嗣宗先生长子，自幼秉承家学，与其弟定远并有诗名，时称“二冯”。

冯舒虽然才华横溢，诗名远扬，但是狂妄自大的名声一点也不比才名差。他经常与士子坐在一起谈论天下事，口若悬河，喋喋不休，而且特别喜欢贬低权威来抬高自己。但凡是其他士子所推崇的诗人学者，他都要指谪利病，批剖一番。连钱谦益都要礼敬三分的嘉定“诗老”程孟阳，冯舒也一样不放入眼中，将程孟阳的诗集涂抹几近，说得一无是处。而对于那些喜欢舞文弄墨的达官贵人，冯舒更是鄙视戏弄，嗤之以鼻。

有一次，冯舒到吴门游玩，夜里乘舟赏月，忽然听到邻船有人吟诵杜甫的诗。冯舒并不知此人是江西令尹孔昭，只看他衣着讲究，旁边又立着一帮溜须拍马之人，心想：又是个附庸风雅的货，于是轻笑道：“杜甫的诗不是人人都能懂的。”

孔昭与友人正在兴头上，被人无端耻笑，心中甚是恼火。身后的小童看自家主人不悦，立马厉声呵责道：“船上何人？竟敢对我家大人无礼？”冯舒随手甩开折扇，往身后的摇椅上一躺，哄骗他说：“在下行不更名，坐不改姓，常熟朱某是也。”

过了几日，孔昭到常熟拜访某宗伯，并把这件事告诉了他。宗伯说：“朱某是我们县上的一个富人，没读过几天书，怎么会知道你念的是杜甫的诗呢？想必又是冯舒这厮在戏弄人。”于是派人把冯舒叫来，让他与孔昭当面对质。冯舒一看没法抵赖，这才老实向孔昭赔礼道歉。

冯舒任性使气，却又疾恶如仇，不畏强权。知县瞿四达贪污受贿，欺压百姓，地方上的乡绅士子都是敢怒不敢言。冯舒暗中收集证据，与诸生黄启耀等人联名上书揭发，要求将瞿四达依法治罪。冯舒与瞿四达两人素来不和，平时就多有过节，如今冯舒闹出了这么一档子事，摆明是要与瞿四达势不两立。瞿四达出钱收买上下官员，不但把上疏折子扣留了下来，还反诬书生们污蔑官员，扰乱社会治安，将这帮书生抓到狱中，日日严刑拷打。过了一月有余，被抓的书生都陆陆续续地放了出来，只剩冯舒还留在狱中。大家明白瞿四达有意刁难冯舒，临出狱前都劝冯舒向瞿四达服软认错，莫要为了争一口闲气吃了大亏。冯舒摇晃着枷锁脚镣笑着说："此特冯长做戏耳，我倒要看他能奈我何？"冯舒身材伟岸，高八尺有余，故友人以"冯长"呼之。冯舒以冯长与逢场同音，故出此语，言下之意是自己出去是早晚的事。瞿四达却并未打算就此放过冯舒。

冯舒画作

清朝统治者为了泯灭汉人的反清意识施行文化高压政策，尤其是对思想控制特别严格，所以终清一朝，文字狱案尤为惨烈，很多人都把它当作置对手于死地的最快方法。如果单单是污蔑官员的罪名，冯舒当然罪不至死。偏偏此前冯舒收集同乡亡友数十人的诗，编了一本《怀旧集》。他在诗集前附了一篇自己作的序，序中不列清朝国号年号，又压卷载了顾云鸿的《昭君怨》，其诗云：

《怀旧集》书影

胡儿尽向琵琶醉，不识弦中是汉音。

瞿四达认为诗中以"胡儿"隐射清王朝，弦中汉音喻不忘故国，想以肆意侮辱清朝，有策反不谋之罪欲将冯舒置于死地，并将卷宗和涉案证据都呈报上级。负责案件批审的几位官员也都受过冯舒的明讽暗骂，虽然清楚瞿四达是在公报私仇，可是没有人愿意为冯舒冒险出头。最终，冯舒为他的狂妄付出了生命的代价。

一代文章亡左马，千秋仁义在吴潘

——庄氏史狱

晚明结社之风盛行。入清后，吴江地区又出现了许多新的社团，惊隐诗社就是其中之一。惊隐诗社又名逃社，四方高蹈能文之士多云集于此，如顾炎武、归庄、吴炎、潘柽章、顾有孝、戴笠、王锡阐、钱肃润等。明亡后，这些名士学者自称遗民。他们早已决意进取，相与隐居林泉，每日以诗酒相唱和，不问世事。

潘柽章和吴炎都是惊隐诗社的重要成员。潘柽章自幼聪慧，精通天文、地理、皇极、太乙等书，又独具史才，专精史事。明亡后，潘柽章隐居乡里，与逃社诸多遗民相唱和，并和同里的吴炎结为莫逆之交。吴炎心系故国，号称赤民，才学也很高，两人相约私修明史纪念故国。吴炎曾给钱谦益写信说其修史之事，钱谦益深表赞同，并把家里的一些藏书送给他们作为参考。顾炎武也很佩服潘、吴的才华，把家里数千卷有关明代的史书都送与他们。潘柽章和吴炎买来《明实录》等书仔细研读，又到处收集明朝故臣家藏的文集奏疏。两人怀纸吮笔，夜以继日，辛勤笔耕十余年，所写的书稿盈床满箧，终于完成了十之六七。顾炎武曾阅初稿，其精审严谨，大为叹服。

吴炎画像

与潘、吴同时，还有一个名叫庄廷鑨的人也在修史。庄廷鑨出生富族，自幼双目失明，但是才华过人。他从明代朱国桢后人手里购得朱国桢所著的《国事公卿志状疏草》数十卷，然后召集宾客，以朱书为基础删润论断，编了一部百余卷的《明书》。因为是私修，书中的言语、观点十分大胆，还有很多犯讳的话。后来庄廷鑨因病早逝，他的父亲庄胤城为了纪念自己的爱子，出资将这本书刊刻了出来。为了提高知名度，庄胤城未经吴炎和潘柽章允许，擅自将他们的名字一并刻入书中，列为参阅人。

没过多久，庄家私修《明书》之事被吴之荣告发了。时值康熙初年，四辅臣秉持朝政，江南士人微词颇多，朝廷十分忌恨。因此但凡江南有事，统治者必兴大狱，穷治株连，而且越是文坛上有名气的士人他们就越发惨苛对待，杀鸡儆猴，企图以此压灭江南士子的反抗意识。庄氏私修史书犯忌讳之事被告发后在朝廷引起了轩然大波，不但庄胤城和他的其他几个儿子都被下旨处以极刑，连早已去世的庄廷鑨都被劈棺戮尸。凡是参与修书、刻书、卖书、藏书及知情不报的人都视为同谋，被牵连杀头的有七十余人，被流放为奴的有近千人。吴炎和潘柽章并未参与庄史的编修，而是在不知情的情况下被人署名，无端遭此大祸，真是可惜。潘、吴两人生前均与顾炎武交善，遇难时顾炎武正客居汾州。他感叹二子遭遇，遥赋一首《祭吴潘二节士诗》祭奠二人英灵：

潘柽章画像

露下空林百草残，临风有恸奠椒兰。
韭溪血化幽泉碧，蒿里魂归白日寒。
一代文章亡左马，千秋仁义在吴潘。
巫招虞殡俱零落，欲访遗书远道难。

“一代文章亡左马，千秋仁义在吴潘”一句可谓将吴潘二人修史的功业推崇到了极致。“巫招虞殡俱零落，欲访遗书远道难”则感叹吴潘两人罹难后，家人害怕节外生枝，将其书稿烧毁一事。当初两人修史，顾炎武服其精审，钱谦益自叹不及，如果书稿能流传下来，一定比后修的《明史》更为可观。如今不能目睹一二，甚是可惜！

王锡阐先生和吴炎、潘柽章同为惊隐诗社的重要成员，平日私交甚笃。吴炎、潘柽章二子遇难，王锡阐一直引为生平大戚，表彰不遗余力。当日吴、潘遭祸，两家家人也未能幸免。吴炎死后，吴炎的夫人于齐化门自尽殉夫。潘柽章的夫人沈孺人是举义殉国的中书君自炳之女。潘柽章遇难时，沈孺人因为怀有身孕没有追随。孩子出世以后，她将幼子托付给潘柽章的弟弟潘耒，于前往黑龙江发配地的途中自尽身亡。王锡阐以吴炎夫人自尽处为题，写了一首《齐化门》赞扬两位夫人舍身殉夫的高洁品行：

白日荒荒，仲夏严霜；蕙凋兰萎，不改其芳。
江东之羽，罹于蓟北；淘河仰窥，争为德色。
寄言淘河，德色何为？冥冥羽化，樊笼安施。
谓金可开，谓石可裂；愿为精卫，海枯恨竭。
氤气既充，刑于不爽；如月之望，与日代光。

齐化门（吴炎夫人自尽处）

清风虽细难吹我，明月何尝不照人

——一个穷书生引发的文字狱案

雍正六年九月二十六日，川陕总督岳钟琪从外面访客回来。轿子刚停到总督府门口，一个名叫张倬的书生突然从人群里冲出来跪在轿前，双手举着一封书信。岳钟琪以为是拦轿申冤的百姓，便命人将书信呈递上来。岳钟琪接过仆人递上的书信低头微微扫了一眼，见信封上写着“天吏元帅岳钟琪亲启”，当下脸色大变，令手下将书生扣押到狱中，然后将书信塞入袖中，匆匆走入府内。

岳钟琪画像

川陕总督岳钟琪出身于武将世家，是抗金英雄岳飞的二十一世孙。他的祖父岳镇邦曾任左都督、绍兴总兵。岳钟琪在康熙末年平定西藏之乱时立下汗马功劳，被提升为四川总督。雍正二年，又随年羹尧入青海平定罗卜藏丹津的叛乱，战功卓越。后来年羹尧自恃功高，目中无人，多次触怒雍正皇帝。雍正有意利用岳钟琪牵制年羹尧，岳钟琪才坐上了川陕总督的位置。川陕总督手握重兵，是个肥差，历来都是由满族子弟担任此职。岳钟琪虽然战功赫赫，可终究是个汉人，况且又是岳飞后代，所以很多满族官员对此愤愤不平。他们多次在雍正面前诋毁岳钟琪，说他是汉人民族英雄岳飞的后代，不会真心忠于清朝，这样的人不可重用。岳钟琪被满族官员围攻，在朝中举步维艰的时候，朝外又发生了另外一件麻烦事。成都有个叫卢汉民的人，在集市上大喊大叫，说“岳元帅带川陕兵造反了”。很多人都信以为真，甚至组织了民兵准备响应。虽然事情很快被查清，卢汉民也因为造谣诬陷朝廷命官之罪处以斩立决，但是这件事还是在朝廷上激起了千层浪。那些满族官员以此大做文章，步步紧逼，急欲将岳钟琪牵扯其中。岳钟琪害怕引祸上身，慌忙向皇帝上书引咎辞职。幸好雍正皇帝还算开明，他

不但没有责怪岳钟琪,反而鼓励他继续努力,造福大清。雍正目前对岳钟琪还算是信任,民间却到处流传岳钟琪与朝廷不和的传言。有人说岳钟琪还是忠于汉族,只是迫于形势才不得不屈身侍奉清朝,还有人说他曾为了民族尊严,对皇帝说了很多不知忌讳的话,朝廷屡次召他进京就是为了削夺他的兵权等等。总之,百姓都相信岳钟琪一定会起兵造反的。众口铄金,说的人多了,保不定哪天雍正皇帝就会信以为真。岳钟琪现在是战战兢兢,如履薄冰,这时候有人在大庭广众之下给他递策反书,还称呼他为“天吏元帅”,这不是把他往火坑里推吗?

回到总督府后,岳钟琪屏退左右,打开信封匆匆浏览。写信人自称是“江南无主游民夏靓”,他在信中对雍正皇帝进行抨击、辱骂,不但列举了雍正皇帝“弑父、逼母、杀兄、屠弟、贪财、好杀、酗酒、诛忠、好谄、任佞”十大罪状 ,将这几年天灾不断,民不聊生,都推由雍正帝位来历不正所致,又称满族人低劣野蛮,不配统治汉族,劝岳钟琪要严守华夷之防。信末还劝道:“您作为大英雄岳飞的后人,何不继承祖志,利用手握重兵的机会振臂一呼,成就反清复明的大业,青史留名呢?”岳钟琪看完信后吓得一身冷汗,心想:幸好这信落到了我手里,倘若是落到了旁人手里,岳某命不久矣!

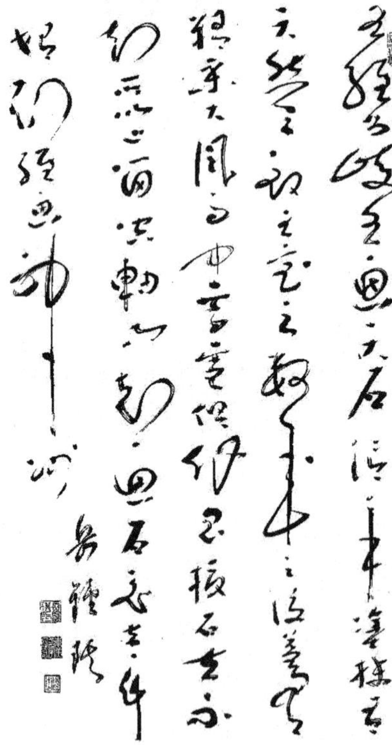

岳钟琪书法

为了撇清关系,表明立场,岳钟琪还是尽快给雍正上了一道情真意切的奏疏,说明了事情来由,顺便表表忠心。他在奏疏中说道:“(反书)臣不敢卒读,亦不忍详阅,唯有心摧目裂,发上冲冠,恨不能立取逆贼夏靓,烹食其肉。”然后连同反书一同上报给朝廷,等待上头批示。雍正最痛恨的就是别人说他皇位来历不正,信中的语言直白犀利,句句见血,他读后自然大为恼火。在给岳钟琪的批谕中,雍正将夏靓称为“此种怪物”,还建议岳钟琪将计就计,顺水推舟,一定要把事情查个水落石出。岳钟琪不敢怠慢皇上的旨意,绞尽脑汁想了一个诱供之计。为了防止落人把柄,他还请示朝廷,让陕西巡抚西林来做他的临时搭档,和他一起演这出戏。

岳钟琪和西林坐在堂上，书生张倬被押了上来。岳钟琪脸一黑，大声喝道："大胆狂徒，竟敢口出狂言，污蔑圣上！看你是读书人的份上暂不用刑，你莫要不识抬举，到底受何人指使，还不速速招来！"先前，张倬在牢中已被上过夹刑，但他始终不肯招供，此时仍旧一言不发。岳钟琪大怒，喝令用刑，众衙役一拥而上。因为岳钟琪之前特意交代过，所以一顿棍棒之后，张倬虽然皮开肉裂，倒也未伤及筋骨。

到了晚上，岳钟琪悄悄来到狱中。他屏退左右，一改白日里审讯时凶神恶煞的模样，疾步上前亲自为张倬松绑，还叫他莫要惊慌，然后双手抱拳作揖道："壮士受苦了！其实岳某早有反清之意，奈何时机尚未成熟，只能暂时隐忍不发。白日里对壮士用刑乃为掩人耳目，再者，当时对壮士身份还有所怀疑，不得不有所防备。如今看来，壮士确实是真心反清的大丈夫，铁骨铮铮的好男儿。岳某十分佩服，多有得罪之处，还望壮士海涵！"张倬见岳钟琪转变如此之快，心里觉得很蹊跷。岳钟琪见张倬不为所动，便命手下送来酒菜，与他边吃边聊。席间，岳钟琪鼓捣自己三寸不烂之舌，一边恭维张倬，不停向他敬酒，一边大骂满人鞑子和走狗，亡国之痛，溢于言表。又诉说自己本是忠良之后，如今的处境确实让他有愧于先人，说到慷慨激昂之处，睚眦俱裂，涕泪交加。张倬毕竟是个书生，酒至酣处，见岳总督如此激动，便也跟着激动起来。两人共商反清大计，相谈甚欢，大有相见恨晚之意，但是张倬依然没有透露同谋为何人。

第二天早上，张倬酒醒了不少，正疑惑岳大人是否真心反清的时候，有人将他从狱中请到了一间密室。岳钟琪早在密室中等候，香炉供台已经摆好。见张倬进来，岳钟琪二话不说便拉着他一起焚香跪拜，与他结为异性兄弟。岳钟琪还指天发誓，要与张倬同心同德，患难与共，驱逐满人鞑子，如有二心，不得好死。张倬到底是个读书人，也没见过什么世面，哪里懂得政治家两面三刀的各种阴谋伎俩，见岳大总督屈尊降贵与自己结拜，果然就乖乖上钩了，感动之余还将他们反清的计划和盘托出。

原来这个自称张倬的读书人真名叫张熙，这次是奉老师之命前来投书。他的老师，也就是策反信中化名夏靓的人，真名叫曾静，原来是个秀才，多年科举不中，只好在乡里当起了教书先生。曾静科举不顺，家里又穷得很，对社会颇有不平之气。恰逢雍正刚刚登极，用法严苛，行事犀利，下面的人怨声载道。又有传闻说他的皇位来历不正，大将岳钟琪与他素来不和，积怨颇深，于是曾静便觉得时机成熟，想要通过这封策反信怂恿岳钟琪起兵反清，自己也好留下一个千秋美名。

岳钟琪听着张熙的陈述，心里不断冷笑：这穷书生果然天真迂腐，被人卖了都不知道。曾静既无兵权也无计谋，就凭几句煽动的话就想让岳某去为他抛头颅洒热血，还让学生当替死鬼来为他送反书，这算盘打得也太精明了。如果不把他揪出来，真是枉对他这么费尽心思地一番算计。于是他对张熙感叹说：“岳某早有起兵之意，但苦于身边没有诸葛亮、刘伯温这样的谋士，一时也无从动手。”张熙听后立即推举自己的老师，说曾静英明睿智，必能帮助岳钟琪成就大业。不仅如此，张熙还得意地告诉岳钟琪，他们在湖南、江西、两广、云贵六省都已经把群众发动了起来，“一呼可定”。岳钟琪听后窃笑不已，让张倬告知曾静的住址，好去派人迎接。套得所有信息后，戏也演完了。他脸色一变，喝令将张熙收监，并派人速速捉拿曾静。

曾静被捉后对策谋反清一事供认不讳，他说自己“生长山僻，素无师友”，在州城应试的时候，无意间看到了吕留良品论的时文，其中有夷夏之防、井田封建之类的话，遂被蛊惑。后来又让张熙去浙江吕留良家访求书籍。其子吕毅中授以留良诗文，内皆愤懑激烈之词，益加倾心。曾静和张熙做梦也想不到，他们幼稚鲁莽的行为导致了中国历史上最大的一桩文字狱（吕留良案）的兴起。

吕留良（1629—1683年），字庄生，号晚村，浙江崇德人，是明末清初杰出的学者、诗人、思想家和时文评论家。他出生于仕宦家庭，祖上在明朝世代为官。明亡后，吕留良与侄儿吕宣忠随史可法镇守扬州，散家财招募义勇，抵抗入浙清军。后来起义兵败，吕宣忠入山为僧，因为回家探父被捕遇害。就义之日，吕留良亲自为他送行。吕留良素有咯血之疾，至宣忠就义，更是一呕数升，命几绝矣。亡国失亲之痛，让他对清朝政府恨之入骨，他把这一时期的诗作结集成为《万感集》，诗集中有很多偏激的言辞。其中最著名的一句是“清风虽细难吹我，明月何尝不照人”。用“清风”“明月”来象征清朝和明朝，讽刺清廷冷酷苛刻，表达了对故国的无限哀思。曾静几次科考不利，家中又贫困不堪，对整个社会都充满了不平之气。后来他到州城应试，无意间看到了吕留良抨击清廷的诗，句句说到他心坎上，仿佛遇到了知音一般。此后曾静又读了大量吕留良的时文品论，更觉得应该举义反清，但是苦于无兵无权，便寄希望于传说中与清朝有矛盾的岳钟琪，这才有了文章开头张倬上书的一幕。

吕留良画像

受吕留良诗文影响的人不止曾静，还有汪景祺、查嗣庭等人。雍正皇帝对吕留良恨之入骨，认为他是鼓动百姓反清的罪魁祸首，亲自写谕文数落吕留良之罪。谕文中说：“夫普天之下，莫非王土，率土之滨，莫非王臣。吕留良于我朝食德服绥（吕曾在顺治十年就试，获邑诸生，故有此说），以有其身家育子孙数十年，乃不知大一统之义……且吴三桂、耿精忠乃叛之贼奴，人人得而诛之。吕留良于其称兵来犯顺，则欣然有喜，唯恐其不成。于本朝疆域之恢复，则怅然若失，转形与嗟叹，于忠臣之殉难，则污以过失，且闻其死而快意……不顾生民之涂炭，惟以病连祸接为幸，其处心积虑，残忍凶暴至此……曾静止讥于朕躬，吕留良上诬圣祖皇考之圣德，曾静之谤讪由于误听流言，而吕留良则出自胸臆……如汪景祺、查嗣庭之流，皆吕留良遗害也……此其狎侮圣儒之教，败坏士人之心，真名教之罪魁也……吕留良之罪大恶极，获于圣祖在天之灵者至深至重，即凡天下庸夫俗子，少有一线之良，亦无不切齿而竖发，不愿与之戴履天地。”

《吕留良诗文选》书影

吕留良案愈演愈烈，吕留良及其已故子吕葆中被剉尸示众，吕毅中判斩立决，吕留良所著文集、诗集、日记及他书尽行燔毁。曾静与张倬等人处以极刑，受过吕留良影响的严鸿逵、沈再宽等人也被处死，家属发边远为奴，其他买过、抄过吕诗文的人也都被处死，一时牵连有数百人之众，在清朝文字狱案中最为惨烈。

乱世红颜　巾帼佳人

妹喜亡夏，妲己亡殷，褒姒亡周，西施亡吴，“红颜祸水”似乎已经成为被无数历史证实的凿凿之论。而在明清易代的战火动乱中，有这样一群美丽的女子，她们柔弱而坚定，温婉而勇敢，如以死劝谏的赵夫人，一诺千金的寇白门，侠义红粉柳如是，断发明志的宁德公主。她们是这个灰色的时代中一抹靓丽的存在，她们的故事也被承载在诗歌中流传下来。

美人小金山麓住，寒芒夜湿寒窗雾

——李成栋反清为红颜

薛寀，字谐孟，江南武进人，明崇祯四年辛未进士，官南京刑部主事，明亡后落发为僧，整日饮酒赋诗，佯狂而终。如今其诗已不传，只留有“美人小金山麓住，寒芒夜湿寒窗雾”句。据《清诗纪事》记载，此诗是薛寀为纪念李成栋的爱妾所作。

李成栋画像

李成栋是个极为复杂的人物，一生几次大起大落。他早年参加明末李自成农民起义，失败后跟着李自成的部将高杰投降南明。后来高杰被许定国所杀，李成栋又转而投靠清朝。

清军在占领南京后强令汉人剃发，如有不从军法处置。江南各地的汉族绅民群情激奋，纷纷自发举兵抗清。时任吴淞总兵的李成栋带着部队前往镇压，而这支部队正是前不久投清的南明汉军。李成栋的弟弟被乡兵伏杀，李成栋亲自带兵迎击，三天后攻破嘉定。为了给弟弟报仇，他命令部下屠城。清军“家至户到，小街僻巷，无不穷搜”，“市民之中，悬梁者，投井者，投河者，血面者，断肢者，被砍未死手足犹动者，骨肉狼藉”。妇女们惨遭强奸，稍有抵抗，这些前南明军队就把她们的手脚用长钉钉到门板上。杀戮过后又抢掠财物。金银不多者，必砍三刀，或深或浅，刀刀见骨。乞命之声，遍于远近。这就是史

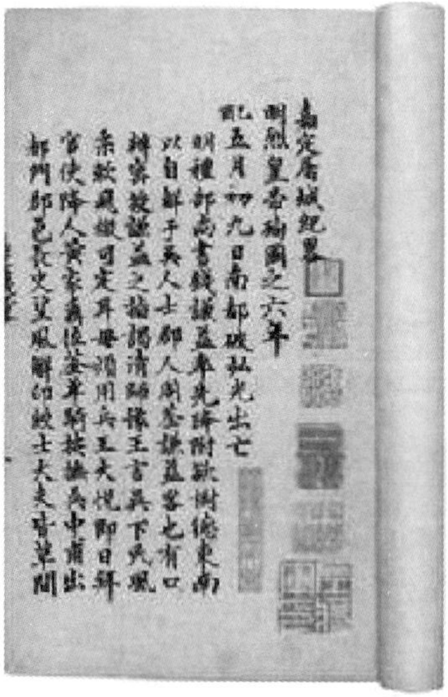

嘉定屠城纪略

《嘉定屠城纪略》书影

册上臭名昭著的“嘉定屠城”。屠城过后三四天，一些幸存者重新在葛隆和外冈集结起来，继续反抗。李成栋召集部队，将两镇夷为平地，杀光了镇上所有居民，嘉定遭到“二屠”。二十多天后，南明吴之番将军率余部攻打嘉定城，周边民众纷纷响应。李成栋暴怒，不仅把吴之番数百名将士杀尽，还屠杀了近两万刚到嘉定避乱的民众，血流成渠，是为“嘉定三屠”。经过如此残酷的三次屠城，江南民众才开始剃发归顺。

三次屠城之后，李成栋又擒杀南明二帝，率军攻下广东、广西。他自以为战功赫赫，无人能及，两广总督一职非己莫属，不料论功行赏之际，清廷却重用辽人，提拔了佟养甲。

当初清朝为了控制李成栋，把他的母亲和正室都软禁在云间当人质。攻打松江时，李成栋纳了歌女赵青镂为妾。赵青镂是一个美貌而有心计的女人，她自幼长在风月场中，自然懂得怎样讨男人欢心。李成栋这位叱咤杀场的枭雄很快就醉倒在温柔乡中，对赵青镂百依百顺。每次喝酒作陪，赵青镂总劝李成栋反清归明。李成栋贪图眼前的权势，不愿听从，就应付她说：“我是因为太夫人、夫人才不得不如此。”后来李成栋攻下两广，收缴两广文武印信共五十余颗，却单独把总督印放了起来。赵青镂知道他想坐两广总督的位置，而清廷却没有让他如愿，于是就趁着李成栋烦闷喝酒的时候再次劝他举事。李成栋抚几长叹，说：“怜云间眷属也。”赵青镂回答说：“大丈夫难道不能割爱吗？贱妾请求先死君前，已成君子之志。”说罢反手抽出李成栋身上的佩剑自刎而亡。

赵夫人像

李成栋原本以为赵青镂只是一个“不知亡国恨”，只会贪图眼下富贵安逸的商女，不曾料想她竟做出如此惊人的举动。赵氏以死劝谏使李成栋很受震撼，终于决定反清归明。虽然最后还是没能挽回大明朝败亡的命运，但最起码避免了屠城惨案的再次发生，挽救了无数无辜百姓。赵氏死后，李成栋请何吾驺为她做传，又命门人邝露作《赵夫人歌》。女人的命运在历史的洪流中尤其是在兵荒马乱的战争中常常显得微不足道，而赵氏却以独特的方式留下了光辉的一笔。

长秋手持黄纸檄，才人诏选填宫掖

——宁德公主之谜

《明史·列传第九》记载明光宗共有九女，其中六个都早夭了，只剩下宁德公主、遂平公主和乐安公主。野史传说，宁德公主在明光宗的三个女儿中最为貌美，经历也很传奇，但这些在正史中却不见记载。《明史》写到宁德公主时仅用一句话就带过了，并没有记载卒年，更没有提她在明亡后的命运。程穆衡在《编年诗笺》说："按《明史·公主传》，但云宁德公主光宗女，下嫁刘有福，无薨卒年月，亦无事实。意有福当变国后，必有不可问者，故削而不书。"大概世人总不忍心让倾国美人就这样归于寂寥，所以很多诗人都曾在自己的诗文中记述宁德事迹以补正史缺载的遗憾，对程穆衡所说的"不可问者"也多有猜测。

吴伟业画像

明末清初的大诗人吴伟业所作《萧史青门曲》是一首七言歌行，诗中叙述乐安公主病逝、驸马殉国、宁德公主在明亡后沦入柴门以及崇祯（明思宗，1627—1644年在位）帝女长平公主被父斫臂病殁等事。吴梅村歌行最大的特点就是大量用典，《萧史青门曲》也不例外：

萧史青门望明月，碧鸾尾扫银河阔。
好畤池台白草荒，扶风邸舍黄尘没。
当年故后婕妤家，槐市无人噪晚鸦。
却忆沁园公主第，春莺啼杀上阳花。

"萧史""碧鸾""好畤""扶风""槐市""沁园公主""上阳"是春秋、两汉和唐时人名、地名、宫名，其中均包含相应的历史人物和事件，作者借以隐指诗中歌咏的驸马、公主及其家室。然后开始回忆往日宁德公主与乐安公主出嫁时的盛况以及奢侈安逸的婚后生活：

呜呼先皇寡兄弟，天家贵主称同气。
奉车都尉谁最贤？巩公才地如王济。
被服依然儒雅风，读书妙得公卿誉。
大内倾宫嫁乐安，光宗少女宜加意。
……
先是朝廷启未央，天人宁德降刘郎。
道路争传长公主，夫婿豪华势莫当。
百两车来填紫陌，千金榼送出雕房。
红窗小院调鹦鹉，翠馆繁筝叫凤凰。
……
九子鸾雏斗玉钗，钗工百万恣求取。
屋里薰炉滃若云，门前钿毂流入水。

可是凡事盛极必衰，正如诗中说的那样，“万事荣华有消歇”。乐安公主的病逝仿佛是明王朝走向衰败的一个征兆，没过多久，明朝就灭亡了。乐安公主的驸马巩永固自刎殉国，而宁德公主与驸马刘有福却苟活了下来。当年宁德贵为长公主，驸马也是名门之后，一时富贵无人能及。如今只能栖身隐居在陋巷柴门之中。曾经站在权力最顶层的一对璧人“破帽迎风雪”，靠“卖珠易米”凄凉度日。

传说宁德公主与驸马一直活到康熙年间，而吴伟业的这首诗作于顺治八年，所以只记录了宁德公主在明亡前以及清朝初年这段时间的经历。这之后发生的故事，我们可以从陈祚明的《皇姑行》中窥见一斑。

宁德公主像

隆准王孙数不亿，时移姓改耕田食。

楚王之后三户身，东海为渔使人识。
将妻织履夜黄昏，火鼓追呼吏到门。
龙泉歕血委黄土，被驱玉貌生啼痕。
双颊残桃花，双眉羞柳叶。
昔日郡王妃，今朝俘虏妾。
司农署里日纷纷，没入姬人千百群。
赐予功臣为从婢，给将荒塞配边军。
隐忍未随孤剑尽，凄凉心折莫笳闻。
长秋手持黄纸檄，才人诏选填宫掖。
汉宫闻说爱南装，馆娃尽向南人索。
螺子之黛供画眉，燕支生红粉做白。
广袖轻衫恰称身，文锦吴罗尚衣惜。
请临妆镜更梳头，蝉髻低垂翠影浮。
不牢编发蟠倭坠，别有珠珰缀紫镠。
（此处有脱句）含愁独掩秋风扇。
殿前长跽见君王，未语酸辛泪百行。
薄命以拼歌寡鹄，多情不忍秀鸳鸯。
蒙头更脱罗巾看，剪残短鬓秋云乱。
一心寂灭向空王，诏许清斋闭仙观。
城西山色万峰深，皇姑庵子春山阴。
红泉洗钵朝烟起，清磬焚香夕月沉。
朝烟夕月年年似，洗尽铅华弄云水。
当日深宫纵不言，细腰亦是君王喜。

陈祚明诗中说宁德公主与驸马丧财失家之后并未过上安稳日子。清朝建国初年，皇帝下旨在民间大肆遴选宫女以扩充后宫。官员们为了邀功讨赏，到处强掠民女。只要容貌美艳，不管婚嫁与否，都送进宫中备选。冒襄的爱妾董小宛正是为此才被田弘遇强行掳走，宁德作为前朝公主也未能幸免于难。这些被送进宫的美女并不是都能幸运地平步青云，一朝腾达。她们中的大部分都被培养成间谍，当作礼物送给将军、功臣。姿色好一些的能成为大臣们的姬妾，差一些的赐作奴婢，再次的直接送往边疆配边军，姿色最好，品行又端庄才能留在宫中，以备皇帝选用。

古人常说，“由俭入奢易，由奢入俭难”。宁德长自宫中，从小锦衣玉食，下嫁到夫家之后更是备受尊宠，从不曾受得半点委屈。国变之后两人地位家产尽失，流寓在柴门陋巷，受豪强欺压。如今宁德被选入后宫，等于又有了重新回到权力巅峰，享受锦衣玉食、万千宠爱的机会，她怎能不心动呢？宁德天生丽质，容貌非凡，即使潦倒落魄也仍然体态优雅、自有风韵，再加上自小接受贵族教育，进退得宜，言行举止中都透露出大家风范，所以她很轻易就从数千名女子中脱颖而出。没过两天，皇帝传令要召宁德侍寝，伺候宁德的宫人们欢天喜地地为她梳妆打扮。后宫佳丽无数，有些人入宫十几年都不曾睹见天颜，宁德这么快就被召侍寝，以后前途不可限量，如果能讨得皇帝欢心，一步登天也未必不可能。看着这些与往日甚是相似的华服美宅，女婢随从，明明离富贵越来越近，宁德却高兴不起来。

宁德公主像

当初乐安病逝，巩驸马伤心欲绝，明亡时，巩驸马便殉国而去，临终时还放火烧了自己的府邸。宁德公主与乐安公主两家交好，驸马都能壮烈殉国，公主却勾且偷生，这已经很遭人诟病了。明亡后，刘有福受宁德牵连，家产尽失，但他仍对宁德不离不弃。两人相互扶持，共渡劫难。如果自己留在宫中贪图富贵，抛弃共患难的旧夫，将更为人所不齿。思及此，宁德更是觉得惭愧无比。她支开身边的宫人，将一头如云秀发挥刀削去，然后跪在殿外请求皇帝降罪处死。皇帝听说了宁德的身世和遭遇后心生恻隐，又见她已剪发明志，觉得不必要再强留，于是就下诏恩准她出家为尼。

明朝已出嫁的公主被选入清朝后宫，在重视节操的汉人看来，确实是有悖伦理的一件事情，这大概就是程穆衡所说的“不可问”之事。然而这也只是野史传说，实情是否如此还留待后人去考证。

利刃怀满身，欲切奴为脯

——王妃骗清兵葬夫

弘光元年十月，朱慈炲在抚州被当地士绅拥立为监国。他倾尽家资招募义军，准备为挽救明朝拼死一搏，最后因为叛徒王绍炽出卖而失败，只好避走广州。朱慈炲的王妃李氏温婉贤淑，美貌动人，夫妻两人感情十分要好。朱慈炲到广州避难时，李氏也伺候左右，片刻不离。后来李成栋攻打广东，朱慈炲被当作流民杀害，李氏抱着他的尸体痛苦哀悼，不肯离去。这时恰好一个清兵路过，见李氏貌美便起了歹心。李氏哄骗他说："我的故夫生前贵为王爷，如今凄惨离世，我怎么忍心让他连副棺材都没有。如果你能满足我的心愿，帮我葬殓王爷，我心甘情愿追随你，不再记恨清兵的杀夫之仇。"

清兵听了很高兴，连忙去买棺材和寿衣。李氏趁他不在，在衣服中偷偷绑了几把小刀，整刃向外。等清兵回来，李氏仔细地替朱慈炲擦洗一番，又为他换了干净衣服，安放到棺木中，与清兵一同把棺木葬在了北山之上。事情办完后，清兵迫不及待地想要对李氏下手，李氏破口大骂："狗贼，你们害我夫君性命，我与你们不共戴天，又岂能让你得逞？"清兵听后很生气，两人明明约定在先，如今自己力气已经出了，她却出尔反尔恶言相向。但是美色当前，清兵又不忍动粗，只能抱持益急，结果被李氏身上所绑的利刃刺伤，满身鲜血地仆倒在地。李氏抽出身上的匕首，在朱慈炲坟前抹颈自杀。屈翁山为王妃

古代仕女图

的忠贞所感动，为她写了这首《二妃操》（其一）：

为我殓王，送之北邙。
逝将从汝，不惜新丧。
王魄已归土，同穴终何补？
利刃怀满身，欲切奴为脯。
奴血何淋漓，痛楚莫予侮。
自刭以报王，黄泉相鼓舞。

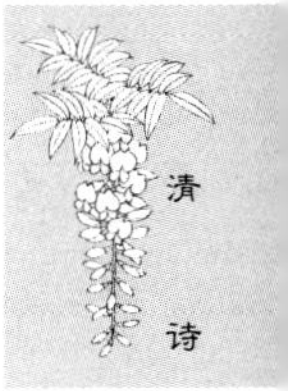

曾唱阳关洒热泪，苏州寂寞好还乡

——冒襄与小宛的凄婉爱情

明清时期，如皋城里的冒氏家族人才辈出，是当地的名门望族，也是文化世家。冒家长子冒襄（字辟疆，号巢民）自幼多才，十四岁就刊刻诗集《香俪园偶存》，被董其昌比作初唐王勃，后与方密之、陈定生、侯朝宗并称为复社四公子。当时的明王朝已成溃乱之势，东北在清兵的铁蹄之下，川陕湖广是“流寇”驰骋的战场，而江浙一带的士大夫依然过着宴安鸩毒、骄奢淫逸的生活。秦淮河畔，妓家所居的河房开宴延宾，樽酒不空，歌姬的翡翠鸳鸯与书生的乌巾紫裘相交错，文采风流，盛于一时。生长在江浙的冒辟疆也沾染了豪贵子弟的浪漫风习，一方面，他年少气盛，矫激抗俗，喜谈经世大务，怀抱着报效国家的壮志；另一方面，他又留恋青溪白石之胜，名姬骏马之游，整日过着醉生梦死的潇洒公子哥儿生活。

冒襄画像

冒辟疆的意中人原是秦淮名妓陈圆圆，陈圆圆也得到了冒母的首肯。可就在冒家前来迎娶的这天晚上，陈圆圆被“奉旨挑选秀女”的权臣田弘遇强行掳去。田弘遇是当朝崇祯皇帝的岳丈，背后有圣眷正隆的田妃撑腰，所以即使冒辟疆心中愤恨不甘，为了家族的安危，他也只能忍气吞声。为了排遣忧愁，他与友人租了小船在半塘附近的小河里赏景。小船在水中蜿蜒流转，穿过青石桥后，一座别致的小楼出现在眼前。冒辟疆对园林艺术极为倾心，见这小楼造得别出心裁，一时流连忘返，不忍离去。他心想：“住处如此别致，主人定是个不同流俗的妙人。”于是弃舟登岸，前往寻访小楼主人，想要与之攀谈一番以驱心中苦闷。进去之后才知道，这小楼竟是董小宛的避难之处。

董小宛与冒辟疆算得上旧识。三年前，冒辟疆从方以智那里听说秦淮佳丽之中有位才色双绝的董小宛，吴应箕、侯方域也都在旁啧啧称道，说得冒辟疆心动不已，当夜便前往拜访。不料小宛应钱谦益之约共游太湖洞庭山，两人并未得见。后来冒辟疆二次登门，小宛正醉卧在家，与他相会于曲栏花下。辟疆见小宛虽秋波流转，神韵天然，但是薄醉未消，懒慢不发一言，只好失望离去。三年后的今日再次重逢却是另番景象。

此时的董小宛正处在人生最艰难的时期。母亲新亡，父亲游手好闲，嗜赌成性，自己又受田弘遇强抢佳丽的惊吓不敢再出来卖艺，整日靠借债为生。一个本地盐商垂涎小宛美貌，兑换了小宛债主手里的债券，硬要逼她为妾。小宛气急攻心，一病不起。辟疆到时，小宛已奄奄一息。她强支撑着起身，拉着他的手说："十八天来昏沉沉如在梦中，如今一见了公子便觉神怡气旺。"说罢扭头吩咐家人具办酒菜，与辟疆在床前对饮。

董小宛像

当时同为秦淮歌女的李香君嫁给了四公子之一侯方域，柳如是嫁给了江左大家钱谦益，顾横波也嫁给了大才子龚鼎孳。董小宛才貌容工毫不逊色，自然不甘心嫁与一介粗俗之人。在她走投无路的时候，冒辟疆这样一位品貌俱全的大家公子突然出现，怎让她不欢喜？可是冒辟疆心中还牵挂着陈圆圆，对小宛有欣赏之情却无男女之爱。他几次要起身告别，小宛都苦苦挽留。他不忍心让病重的小宛伤心，只好留下来过了一夜。第二天早上冒辟疆要走的时候，小宛也收拾行囊，说要追随他一生一世。冒辟疆并不愿带她回家，但是又抵挡不住小宛的诱惑和执拗，只好在苏州买了一处房子，先将她安置下来。

这年中秋节宴会，秦淮佳丽与复社英杰齐聚一堂，冒辟疆和董小宛坐在了一起。按当时的风俗来讲，这就算定情了。然而中秋过后，辟疆离开苏州一去不返。董小宛知道他有意躲避，一直穿着中秋宴会上穿过的薄衫不肯再换，直到腊月隆冬。她发下毒誓说："冒辟疆要是不来接我，我宁愿活活冻死。"冒辟疆眼看陈圆圆南归无望，又见董小宛如此坚决，便托钱谦益帮忙，替董小宛还清了债务，注销了乐籍。第二年春天，正式迎她进门。十八岁的董小宛这才有了归宿。

董小宛进门以后对冒辟疆百般体贴，对父母也很孝敬，冒家上下都对这个美貌乖巧的新娘子很满意。而且小宛天性聪明灵秀，昆戏、食谱、茶道，样样精通，诗词歌赋更不用提，她十五岁画的《彩蝶图》现收藏在无锡市博物馆里，另一幅少女时期的画作《孤山感逝图》估价四十万，画面上还有小宛题诗：

孤山回首已无家，不作人间解语花。
处士美人同一哭，悔将冰雪误天涯。

董小宛少作《彩蝶图》

这首诗是小宛葬母后返还南京途中所作。因家中贫困，为了生计小宛被迫迈入风尘，与她同龄的女子大多已成家生子，小宛却仍旧到处漂泊，母亲离世后更觉“无家”可恋，心中顿生凄凉之感。生活的艰辛和不易让她珍惜每一次可能获得幸福的机会。然而小宛再好，冒辟疆心心念念的还是陈圆圆，他娶小宛也只是出于同情而已。

婚后的太平日子没过几天，清兵就开始大举南犯。“扬州十日”“嘉定三屠”，青山绿水的江南淹没在刀光剑影之中。战乱中，冒家财产遗失殆尽。冒辟疆带着家人逃到浙江盐官避难。到了盐官之后发现这里也不再安全，城中每日都有不愿剃发的汉人被屠杀。冒辟疆不愿剃发，他害怕小宛跟着自己冒险，想把她托付给自己的一位友人，并嘱咐她说：“如果我遭遇不测，卿可自作主张。”言下之意是自己死后允许小宛改嫁他人。小宛扯着他的袖子泪眼盈盈道：“我可以跟随你朋友去，不再连累你。如果能活着躲过劫难，我一定等你的消息，如果你有不测，不远处的大海就是我的葬身之处。”冒辟疆一直认为董小宛一心想要嫁给他只是为了找个安稳的归宿，想不到她会以生死相许。听了小宛的这番表白，他心中感动不已，转身将小宛紧紧搂在怀里。在这缭乱的战火中，两个人的心开始慢慢靠近。

在剧烈的动荡和沉重的压力下，冒辟疆大病了一场，从重阳节开始就卧床不起，入冬后更是连日高烧昏迷，看了多少大夫都无济于事。董小宛衣不解带地日夜侍候在左右，晚上就歇在塌前的地上。辟疆冷了，小宛就抱着他，热了就为他摇扇，痛了就为他按摩，烦了就为他念诗，凡是能让他感觉稍微舒适些的事小宛都亲自去做。许是小宛的精诚感动了上天，辟疆的病终于有了起色。劫后余生的冒董夫妇回到了如皋，隐居水绘园中。这时天下已平，新朝初立。清政府正需用人之际，对这些明遗民中的饱学之士威逼利诱，钱谦益、侯方域等都先后投清。冒辟疆作为复社领袖自然也是朝廷重点拉拢的对象，但是他一直称病不赴，并将水绘园改名水绘庵以明志。他还收养了抗清志士的遗孤二十多人，施粥救济县内无数灾民。无论是冒辟疆家财尽失、病重将死，还是他冒死不与清朝合作，毁家纾难，董小宛都在身边守着他支持他，从未有半句怨言。

正史记载，董小宛嫁到冒家后因操劳过度，二十七岁时因病去世。虽然最初冒辟疆心里只有陈圆圆，但是在他最艰难的时候是小宛一直陪在身旁不离不弃，百般体贴，万般照料。小宛“去世”之后，冒辟疆专门写了回忆两人旧日生活琐事的《影梅庵忆语》，洋洋洒洒几千余言，然而我们却从不曾见过冒辟疆为她写下情深意切的悼文，如皋的董小宛墓中也只有随葬品没有尸骨。在冒襄去世的前一年，八十一岁的他写下了这样一首七绝：

董小宛小像（南京博物馆藏）

冰丝新飏藕罗裳，一曲开筵一举殇。
曾唱阳关洒热泪，苏州寂寞好还乡。

全诗写的应该是董小宛的身世。前两句是写小宛早年歌唱侑酒的生涯，第三句大概是说董小宛曾经在国破家亡之后的水绘园中为冒辟疆弹唱阳关曲时潸然泪下。最后一句“苏州寂寞好还乡”则大有深意，是佳人魂归故里还是人归故里呢？《影梅庵忆语》中曾提到这样一件事情：有天晚上，小宛梦见有几个彪形大汉要来掳自己，第二天小宛在抄写《全唐五七言绝句》时偶然读到“所嗟人异雁，不作一行归”句便潸然泪下。辟疆在后面感叹说：“讵知梦真而诗谶咸来先告哉!"所以我们推测当年小宛并不是因病亡故,而是像陈圆圆一样被人强行掳走。被人夺妻是奇耻大辱,况且还不是第一次。冒辟疆不愿言及,所以婉称小宛病故。在他八十一岁时,冒辟疆意识到自己时日无多,特别想再见董小宛最后一面,所以才有了"苏州寂寞好还乡"语。想来辟疆也是爱小宛的,只是早年一直沉浸在对陈圆圆的思念和迷恋当中,忽略了对小宛的感情,直到小宛离去后才幡然醒悟。如今不能当面对佳人诉衷肠,只好留下这哀婉的诗句传递情思。

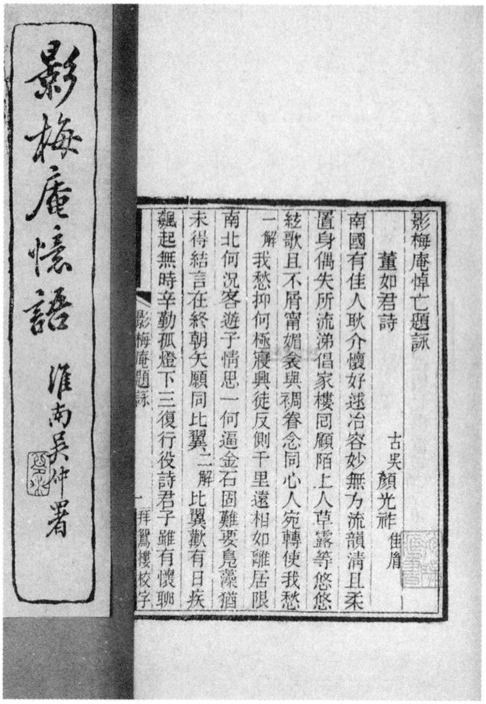
影梅庵憶語
淮南吳仲署

影梅庵悼亡題詠
董如君詩
古吳顏光祚俌雋
南國有佳人耿介懷好逑冶容妙無方流韻清且柔
置身偶失所流涕倡家樓回顧陌上人草露等悠悠
絃歌且不屑甯媚衾與裯眷念同心人宛轉使我愁
一解 我愁抑何極寢興徒反側千里遠相如離居限
南北何況客遊子情思一何逼金石固難要梟藻猶
未得結言在終朝矢願同比翼二解 比翼歎有日疾
飆起無時辛勤孤燈下三復行役詩君子雖有懷聊
《影梅庵題詠》 一 拜鴛樓校字

《影梅庵忆语》书影

尝得聘钱过二万，哪堪重论绛纱灯
——寇白门一诺万金

红颜惯少同林鸟，乱世尤多落难人。
向感深恩脱卿籍，今纾危境赎君身。
芳心非似硬如铁，慧眼皆因看太真。
不畏南归对迟暮，秦淮河畔任沉沦。

这首七言律诗讲述的是秦淮名妓寇白门与南明大臣朱国弼之间的爱情往事。

寇白门又名寇湄，是南院教坊寇家之女。她容貌娇艳，才华过人，与柳如是、李香君、董小宛等人并称为秦淮八艳。虽然生长在烟花之地，寇白门的性格却十分单纯，毫无心机，也正是因为如此才导致了她在婚恋上的悲剧。

崇祯十五年暮春，声势显赫的保国公朱国弼在一帮官僚差役的拥护下来到了钞库街寇家。这寇家是远近闻名的温柔乡、销金窟，送上门的财神爷自然不能怠慢，赶忙派花魁寇白门亲自出来迎接。此时的寇白门正值花样年华，娟娟静美，跌宕风流。朱国弼一见便惊为天人，想要占为己有。追求一个十七八岁的少女对于久在官场、老于世故的朱国弼不是什么难事。他极擅长察言观色、投其所好，不但对寇白门百般体贴，挥金如土，毫不吝啬，还把她介绍给自己官场中的朋友，请他们多加关照。久在风月场中的寇白门见过不少世面，但是像朱国弼这样成熟稳重、温柔多

寇白门像

金的男人还真是不多。几次交往过后，寇白门就已经被他迷得七荤八素，没了主张，只觉得他是自己难得一遇的好归宿。所以当朱国弼提出要娶她为妾时，寇白门一口答应了。

这年秋天的一个晚上，十七岁的寇白门满心欢喜地登上了去往朱府的花轿。按照当时风俗，乐籍女子从良嫁娶必须在晚上进行。朱国弼害怕寇白门觉得委屈，当然也为了炫耀自己的权势和威风，特地调遣了五千名士兵为婚礼造势。这五千名士兵手持绛纱灯沿途肃立，从武定桥一直排到内桥朱府，将整条街照耀得如同白昼一般。这可是明朝南京最为壮观的迎亲场面，寇白门也觉得脸上十分有光。然而辉煌的婚礼并没有给寇白门带来幸福的婚后生活，朱国弼只是把她当作自己猎回来的宝贝，时间一长便失去了新鲜感。婚后没多久，朱国弼就露出了风流本性，又开始走马于章台柳巷之间寻找新的猎物，寇白门只能凄凄凉凉地独守空房。

1645年，清军挥师南下，朱国弼生降。当时投降的贵族、官僚都要进京候旨，而且只能住在指定的房子里，不许与外界联系来往。其实就是变相的软禁。朱国弼生降后家产尽数充公，带着一帮妻妾奴仆来到京城。此时的朱国弼穷困潦倒，只能靠卖府里的歌妓维持生活。寇白门盘算着朱国弼对自己并无感情，早晚会连同其他歌妓婢女一同卖掉，于是就对朱国弼说："咱们好歹夫妻一场，您如果把我卖了所获不过百金，白白让我沦落到浪子贼人之手。我现在还年轻，还能给您帮上忙，不如让我回到金陵去，一月之内，我必定奉上黄金万两报答您。"

寇白门的话朱国弼并不相信。都说风月场中无真情，经常流连妓院，和妓女嫖客打交道的他又怎会不知？更何况朱国弼对寇白门始乱终弃，怕是她早已恨透了自己。先前或许还会因为贪图安逸的生活留在府中，如今他沦为囚犯，自身难保，寇白门当然要找个借口逃离虎口，再拣高枝。朱国弼虽然落魄，但他仍然顾及颜面，不愿为难女人。况且真的把寇白门卖掉，区区百两银子也帮不上什么忙，于是就答应放

寇白门与朱国弼

她离去。

寇白门短衣匹马落魄回到南京,在旧院姐妹的帮助下筹集了两万两银子将朱国弼赎放了出来。朱国弼没有料想到寇白门真的会弄来这么一大笔银子给自己赎身,心里后悔辜负了她,而且此时的朱国弼无家可归又身无分文,所以他想与寇白门重归旧好,依附寇家势力东山再起。可寇白门已经彻底看透了他的本性,不愿再与他纠缠,说:“当年您赎我脱离乐籍,如今我帮您赎回自由,我们以后各自安好,两不相欠。”

寇白门离开朱国弼后重新回到金陵,她“筑园亭,结宾客,日日与文人骚客相往来,酒酣耳热,或歌或哭,亦自叹美人之迟暮,嗟红豆之飘零”。不久,寇白门再嫁扬州某孝廉,婚后却遭婆家排挤嫌弃,不得不重操旧业。在所结交的文人中,寇白门颇为仰慕一个叫韩生的年轻人,在生活上给了他极大的财力支持。两人对外以情侣相称,但寇白门多次想留韩生同寝,韩生都找理由推脱,后来竟拂袖而去。寇氏正抑郁寡欢,忽然听闻隔壁房中传来嬉笑谩骂之声,于是就起身张望,结果看到韩生正和年轻貌美的婢女调情。寇氏怒极,一病不起,不久便撒手人寰。

生前与寇白门有过交往的好友、文人都对她的逝世惋惜不已。文人画家闵华为她画了一副小像并题诗云:

身世沉沦感不任,娥眉好是赎黄金。
牧翁断句余生记,为写青楼一片心。
百年侠骨葬空山,谁洒鹃花泪点斑。
合把芳名齐葛嫩,一为生节一为生。

校书寇白门小影(吴宏绘)

诗文首联说寇白门不计前嫌义赎朱国弼之举,颈联写钱谦益为寇白门作挽诗,中有“女侠谁知寇白门”句。颔联中用“百年侠骨”称评,末句将其和嫁与飞将军孙临,相夫抗清的葛嫩娘相比,崇敬之情溢于言表。寇白门才貌双全,重情重义,无奈遇人不淑,屡遭男人负心背叛,一代红粉女侠因为感情蹉跎就这样早早地香消玉殒,可惜可叹!

榜枻歌阑仍秉烛，始知今日是同舟

——钱谦益和柳如是的爱情故事

钱谦益（1582—1664年），字受之，号牧斋，晚号蒙叟，自称绛云老人，东涧遗老，江南常熟人。钱谦益在历史上是一个争议很大的人物，人们对他评价褒贬不一。早年的他极负盛名，学问淹博，遍览史书，被人称为"清流之首"，又是东林党领袖之一，明末的文坛领袖，与吴伟业、龚鼎孳并称为江左三大家。瞿式耜、顾炎武等一些学问大家，包括收复台湾的民族英雄郑成功都曾是他的学生。但是钱谦益五十九岁的时候居然大张旗鼓地娶了二十三岁的江南名妓柳如是并且尊她为夫人，与家中皇帝敕封的诰命夫人同起同坐。这在当时可是一件了不得的大事。明朝虽然狎妓之风盛行，秦淮八艳也颇有才名，可是她们毕竟是娼妓，说到底还是以出卖色相为生，有些大户人家连娶妓做妾都觉得有辱门楣，更别提做高官夫人了。于是有人就骂钱谦益色迷心窍，不知廉耻，也有人骂他假装斯文，丢了读书人的脸，钱谦益都平静地接受了，而且他自始至终都不曾后悔。柳如是到底是何等奇女子，竟能让钱谦益不顾半生清誉，甘心承受骂名呢？

钱谦益

柳如是画像（清代程庭鹭绘）

柳如是原名杨爱，后来改名柳隐，字如是，自号河东君。她一生命运多舛。幼年时卖与盛泽归家院名妓徐佛为养女，受徐教养。虽然出身贫贱，但是如是聪敏好学，院里老鸨请先生给姑娘授课时，她学得尤为认真，琴棋书画都略有所通，为人精明圆滑。十四岁时，柳如是被吴江故相周道登府里买走。这时的柳如是已经出落得很漂亮了，又喜爱诗书，粗通文辞。最初她只在周母身边做贴身丫头，察言观色，进退合宜，很得周母欢心，不久就被周道登收入房中。据说最初周母是不同意的，想来柳如是确实魅力不凡，堂堂一国之相，年近半百，怎么也是见过世面的人了，竟会为一个十几岁的丫头害了相思病，形容枯槁，性命几绝。周母拗不过儿子只好同意了。可是柳如是的太平日子并没有过长久。周道登对她百般宠爱惹得其他两房夫人早已妒火中烧，再加上年幼的如是性格乖张，未及一年，她便被周府群妾陷害，暴打出门。

无路可走的柳如是重新回到了归家院，成为这里的红牌姑娘。也正是在这一时期，她结识了大名鼎鼎的华亭三才子：李存我、陈子龙、宋辕文。三人初见如是惊为天人，深深为她的美貌和才华所折服。李存我敬重家中的娇妻云夫人，陈子龙性格沉稳内敛，宋辕文年仅十九，粗通人事，一下子就被柳如是迷得七荤八素，非卿不娶。柳如是知道烟花之地不可久留，心中早有嫁人打算。宋辕文年少风流，家里背景也不错，正合她的心意。短暂的相会后，她千里迢迢地从盛泽来到松江府，想让宋辕文予她一纸婚约。宋家嫌弃如是出身，协同官府把她当作流妓驱逐。柳如是从来心高气傲，即使身在妓院也是到处受人吹捧抬举，哪里受得这种侮辱，当下便气得一病不起。这时陈子龙出手相救，不但为她解了围，还为她请医看病，日夜侍候在旁劝解开导，柳如是便转而投入陈子龙的怀抱。陈子龙是华亭有名的才子，诗名了得，柳如是虚心好学，聪明颖慧，每日受他调教熏陶，诗艺大增。两人诗词唱和，很是投缘，无奈陈子龙祖母不同意他们结合，两人又被迫分开。

陈子龙画像

柳如是与陈子龙分开后一直缠绵病榻，归家院又容不得她那高洁乖张的性格，所以没多久她就因不愿接客被归家院老鸨驱逐，从此一叶扁舟浪荡江湖，一晃就是八年。后来在汪然明的介绍下，柳如是与谢三宾相识结缘。就在婚礼的前几天，柳如是无意间听到了谢三宾与部下商量私贪匪金的对话。私贪匪金是满门抄斩的死罪，柳如是害怕受牵连再次仓忙出逃，前往常熟来投奔钱谦益。

柳如是与钱谦益在此前并未谋面，只是汪然明曾拿柳如是的诗给钱谦益看，钱谦益读后赞不绝口，多次表露想要结识之意。如今柳如是得罪了谢三宾，钱谦益是谢三宾的恩师，想来会忌惮三分，柳如是这才前来投奔。钱谦益眼下是她唯一的救命稻草，必须抓牢。在前往常熟的舟中，她熟读钱牧斋的诗集。拜访钱谦益的前一天晚上，她又熬了整整一夜写了一首诗，第二天亲自送到钱府。不料，钱府门上的小童接了名刺便把她打发了，柳如是只得黯然回到舟中等待。

这厢，小童钱观将柳如是的名刺送到钱谦益书房，说是一个书生求见，被挡回去了。钱谦益正给钱曾上课，顺手接过名刺瞄了一眼，看到柳隐二字浑身一震，厉声问道："你说是个年轻书生？"

钱观不明所以，恭敬地回答道："是个年轻书生，就是脚忒小了点，跟个女人似的。"

钱谦益骂道："蠢货，还不快去把贵客请回来！"钱观吓得飞奔而去。钱谦益又拿起那张名刺定睛细看，发现名刺背面还题了一首诗：

声名真似汉扶风，妙理玄规更不同。
一室茶香开澹黯，千里墨妙破冥濛。
竺西瓶拂因缘在，江左风流物论雄。
今日沾沾诚御李，东山葱岭莫辞从。

钱谦益再三吟诵，如痴如醉，还不时地点头微笑。钱曾在一旁大为惊讶，世人皆称老师为在世"李杜"，还从没见他对旁人的诗这样激赏过，这位书生到底是何方神圣？想起前几日在品论近代词人诗的一篇文章里有"今日钱塘夸柳隐"的字句，这柳隐素来爱女扮男装，莫不就是她？于是开口赞道："确实写得好。"

钱谦益一听学生也说好，兴致更高涨了，叹道："岂止写得好啊！这意境简直可以与北宋先贤相比了！"看钱曾眉毛吊高，好像不相信的样子，钱谦益就开始将诗一句一句地拆开与他分析，说：“你看这头一联，‘声名真似汉扶风，妙理玄规更不同’，这是将我比作汉代达生任性、不拘儒者之节的马融，可是又指出了我洞达禅理，比马融更胜。”

钱曾暗自点头，心想：老师是常常以博探佛藏而自矜。

钱谦益又说：“这第二联‘一室茶香开澹黯，千里墨妙破冥濛’，前一句化用了杜牧‘今日鬓丝禅塌畔，茶烟轻扬落花风’，下句出自江淹《别赋》中‘渊云之墨妙，严乐之笔精’，虽然苏学士曾用墨妙来形容书法精湛，在这里，我想大概是要说我倾力注释杜诗，要不怎么说‘破冥濛’呢？”

柳如是男装像（余秋室绘）

钱曾知道老师十分喜爱杜诗，程孟阳先生曾鼓动他重注杜诗。虽然他在人前自谦说“放翁尚不敢注苏，予敢注杜哉”，但这件事还是做了起来。柳如是称赞此事，正合老师心意。这后两联，不等老师解释，钱曾就想明白了，接道：“这后两联将您比作东晋谢安，东汉名士李元礼。王俭常说江左风流宰相唯有谢安，李元礼此人颇有清誉，时人以为李元礼驾车为荣，所以说‘沾沾御李’，学生说得可对？”

“对，对……”钱谦益简直不知道该如何来表达心中的满足感。凡诗中所举的先贤，都是他常常在心中自比的人，诗里对他的褒扬句句都挠在痒处，让他特别舒心。过去很多人写诗奉承钱谦益，总是提到他以廷试第三名及第，殊不知钱谦益最忌讳别人提他探花的名头，以他那种舍我其谁的抱负和性格，怎会甘居人后。在柳如是的诗里就没有这样不合时宜的赞美。她虽是青楼女子，诗句却无一字轻薄，与别人比起来，反而更显庄重典雅。钱谦益读过此诗后深为折服，虽然还未曾与佳人谋得一面，心中早已将其引为知己。

这时，钱观从外面满头大汗地跑进来，说城里的客栈、寺庙都问了，到处找不见投帖的公子。钱谦益急得如热锅上的蚂蚁一般来来回回地在书房转。钱曾道：“柳如是经常一叶扁舟飘荡江湖，此番吃了闭门羹，说不定就躲回船上去了。”钱谦益一拍脑袋，连忙吩咐下人备轿，马不停蹄地往尚湖奔去。

天色渐晚，柳如是一身儒生打扮站在船头，看着空中飘忽不定的大雁，多少年来的坎坷悲苦都涌上心来。此次投奔无果，明日自己又该飘往何处？正当柳如是悲苦绝望的时候，一顶青呢大轿急速而来。如是一个激灵，身子不由挺直。只见轿子在不远处停了下来，帘门一掀，一个精瘦黝黑的男人走了出来。他身材挺拔，一身玄色，花白的胡须，一双眼睛锐利如鹰。如是明白，此人一定是钱谦益了，心中不觉松了口气。

钱谦益一见面就向柳如是拱手请罪，并邀她到府里为她接风洗尘。在酒席上，柳如是开朗大方，不时调皮揶揄，深得钱谦益欢心。谈起柳如是名刺上的那首诗，钱谦益仍是赞不绝口，并即席酬唱一首《柳如是过访半野堂，枉诗见赠。语特庄雅，辄次来韵奉答》，诗云：

文君放诞想流风，脸际眉间讶许同。
枉自梦刀思燕婉，还将抟土问鸿蒙。
沾花丈室何曾染，折柳章台也自雄。
但似王昌消息好，履箱擎了便相从。

诗中借汉代卓文君、唐代薛涛比拟柳如是，赞美她的才华和美丽，明确回应你情我愿的心迹，后来的交往也就顺理成章了。两人日日欢宴，把酒论诗，可不管钱谦益怎样诚信挽留，柳如是都不肯留宿在钱府，坚决要住在自己的小船上。钱谦益知晓她心中所想，也就不再勉强。

一日两人在书房闲谈，柳如是恭维道：“先生乃是当世李杜，这里的书又多珍集善本，再加上这院里的花木扶疏逍遥景致，真是神仙一般的地方。”钱谦益经常以苏子瞻自况，苏轼说只有朝云能看出他那一肚子不合时宜，如今自己遇上柳如是这样的知己，不正如苏轼和朝云吗？他搂过如是的肩接道：“因为有那

黄养辉题字

么一点仙气，才能招来姑娘这样的祥云。”第二天早上，柳如是又来钱府寻钱谦益，看见院子里有许多工人抬着木材进进出出。钱谦益笑着解释说：“我准备在这里专门为你造一座楼，希望姑娘能移驾钱府，不要再受漂泊之苦。”这话无异于在向柳如是求婚了，但柳如是想要的远不止一个容身的小楼。她沉默着思索了片刻，仰头对钱谦益说道：“先生要娶我须得答应两个条件。其一，如是虽是青楼女子，可是嫁娶之事不能马虎，希望先生以正房之礼来松江府正式迎娶。”钱谦益点头答应了。柳如是又说：“这第二桩是如是最在意的。如是虽仰慕牧斋先生，可是做妾却是我办不到的，我不愿看见自己将来在府里没有名分地位，说话行事都要看别人的脸色，如是进府后必须做正房。”

这下钱谦益犹豫了，他的原配陈夫人是皇上亲封的诰命夫人，不是轻易动得的，不说将来会影响钱谦益前途，单是族人那一关就过不了。柳如是看他不吭声就站起来准备告辞，说：“如是不会改变主意，非做到这两点不嫁，先生细细考虑，如是在松江府静候佳音。”

柳如是要求钱谦益明媒正娶尊为正房的事情很快便传开了，很多人都说柳如是不知好歹，提如此刁钻的条件真是自寻死路。其实柳如是也知道自己走的是步险棋，她张口要求这些的时候心里连七分把握都没有，但是她的个性又十分要强，从来都是宁为玉碎不为瓦全，她赌的就是自己在钱谦益心目中的分量。正在大家都等着看柳如是笑话时，钱谦益却来信同意了她的要求，并约定了接亲的时间和地点，这下人群里更炸锅了。钱谦益是东林领袖、朝廷重臣，是天下士子的行为典范，把一个曾经与自己门生有过婚约的妓女娶进家门做妾就已经够让人诟病了，如今还要她与朝廷封的诰命夫人平起平坐，这简直是赤裸裸地蔑视皇权。而且柳如是本不是松江府人，只因当年在松江府寄居时被宋家联合官府当作流妓驱逐，如今让钱谦益来松江府迎娶不过是要在这些人面前扬眉吐气，报当年的驱逐之仇。这么赤裸裸地利用，钱谦益也居然认了。

大娶当天，鞭炮炸响，鼓乐齐鸣，整个松江府都轰动了。须髯花白的钱谦益将盛装的柳如是领上船头，两人面对两岸喧哗的人群迎风而立。宋家召集的一批前来闹事的缙绅全都愣住了，他们从来都是循规蹈矩，即使有小小的悖逆也要偷偷摸摸地掩人耳目，如今钱柳两人却将这么一件惊世骇俗、大逆不道的事情做得轰轰烈烈、正大光明，好像他们才是见不得人的人。直到船要离岸了，他们才恍过神来慌忙开骂：“柳如是这个妖女到处滋事作乱，钱谦益枉读诗书颠倒纲常，这样的狗男女如何不该鼓而击之？”围观的群众也开始骚动起来，纷纷拿起石块向喜船扔去,谩骂声逐渐大了起来,“臭婊子”“狐狸精”等一些不堪入耳的污言秽语清晰地传入柳如是的耳朵里,可她仍然面带微笑地面向人群,仿佛被骂的不是自己。钱谦益见她似乎习惯了如此对待,想到学识才情独步绝代的佳人竟一直生活在如此恶劣的环境中,心中更是爱怜交加。他转身命令下人将十万鞭炮一起点响,压过谩骂声。

柳如是见钱谦益一脸严肃,低声说道:“老爷,如是把你的名声糟蹋了。”钱谦益笑着摇头,说:“夫人此言差矣,借你的名声,钱某人将更加广为人知。”说完,便引着柳如是来到船舱里,吩咐下人准备酒菜,与新婚夫人畅快对饮。这一夜,红烛缭绕,嘤嘤呢喃,两颗孤独寂寞的心彼此温暖。次日一大早,钱谦益一口气写下了四首合欢诗:

其一

鸳湖画舸思悠悠,谷水香车浣别愁。
旧事碑应衔阙口,新欢镜欲上刀头。
此时七夕移弦望,他日双星笑女牛。
榜栧歌阑仍秉烛,始知今日是同舟。

其二

五茸媒雉即鸳鸯,桦烛金炉一水香。
自有青天如碧海,更教银汉作红墙。
当风弱柳迎妆镜,罨水新荷照画堂。
从此双栖如海燕,再无消息报王昌。

其三

忘忧别馆是侬家,乌榜牙樯路不赊。
柳色浓于九华殿,莺声娇傍七香车。
朱颜的的明朝日,锦帐重重暗晚霞。
十丈芙蓉俱并蒂,为君开作合昏花。

其四

朱鸟光连河汉深,鹊桥先为架秋阴。
银缸照壁还双影,绛蜡交花总一心。
地久天长频致语,鸾歌凤舞并知音。
人间若问章台事,钿合分明抵万金。

柳如是展纸细读，心中暗暗思忖：当年自己与陈子龙琴瑟和谐却无缘走到一起，如今投奔钱谦益原是走投无路孤注一掷，却成就了这样一段姻缘。阉党将钱谦益称作“天巧星浪子”“广大风流教主”，想来也只有他才有这样的魄力，敢冒天下之大不韪将自己娶入家中。

钱柳的婚后生活过得很甜蜜，当初钱谦益为柳如是造的楼已经完工，钱谦益根据《金刚经》中“如是我闻”句，将小楼命名为“我闻室”，以暗合柳如是的名字。小楼落成之日，他还喜滋滋地写了诗抒怀：

清樽细雨不知愁，鹤引遥空凤下楼；
红烛恍如花月夜，绿窗还似木兰舟。
曲中杨柳齐舒眼，诗里芙蓉亦并头；
今夕梅魂共谁语？任他疏影蘸寒流。

柳如是感动不已，回赠了一首“春日我闻室作呈牧翁”：

裁红晕碧泪漫漫，南国春来正薄寒；
此去柳花如梦里，向来烟月是愁端。
画堂消息何人晓，翠帐容颜独自看；
珍贵君家兰桂室，东风取次一凭栏。

全诗无一句不表现出柳如是对钱谦益的爱恋。此后小楼就成了他们的爱巢，两人题花咏柳，校勘典籍，日子过得充实而温馨。钱谦益每得佳句即示夫人，而击掌之间，柳如是答诗已成。有时柳诗先成，钱谦益必冥思苦索，欲超过夫人，待相互出示，往往伯仲难分。夫妇诗词唱和，一时传为佳话。

绛云楼

太平光景容易过，钱氏夫妇悠闲风雅的隐居生活很快被烽烟炮火所打断。崇祯十七年，李自成攻陷京师。国难当头，钱谦益压抑了多年的政治热情又重新燃烧起来。他原想趁此机会平乱世，定乾坤，立下奇功千古留名，不料想被卷入政治斗争中，惹得一身骂名。

自从来到南京之后，钱谦益没有一刻闲散，每日聚集东林党人商量复国大策。崇祯皇帝已薨，当务之急是迎立新君。拥有继承权的三位皇子分别是福王、潞王、桂王。福王朱由崧的亲祖母是万历帝最宠爱的郑贵妃，其父朱常洵是万历第三子。万历帝因为宠爱郑贵妃想要废长立幼，全凭李太后和东林党人的力争坚持，光宗才得保太子之位。如果福王继位，必定要处处与东林为难。潞王是李太后一支直系后裔，李太后与东林党人属于同一阵营，所以东林党人自然希望潞王当选。

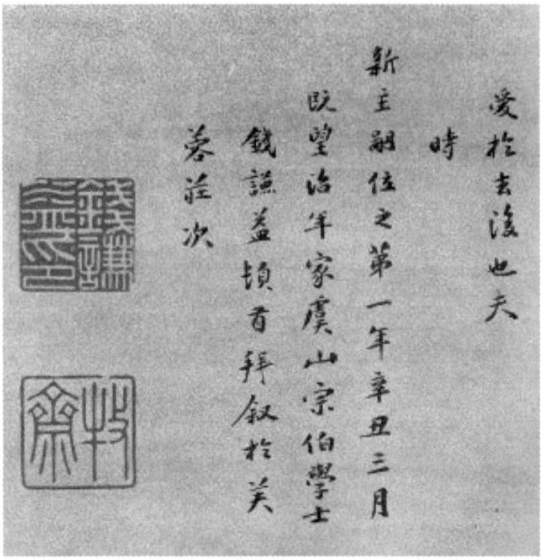

钱谦益书法

商定主意后，钱谦益便去游说史可法。史可法时任南京兵部尚书，是决定迎立人选的关键，而且他是东林党人左光斗的得意门生，向来倾向东林。钱谦益信心满满地前去拜访，当面数落福王贪、淫、酗酒、不孝等七宗罪，力挺迎立潞王。史可法觉得钱谦益说得有道理，但是事关重大，不敢擅自决定，就到浦口向马士英征询意见。马士英心中却另有盘算。定策迎立是朝中首要大事，谁援立了新君，谁就有可能在未来新朝中拥有绝大的权力。潞王虽然贤能，可他一向与东林走得近，即便自己有援立之功，将来也难受重用，不如立昏朽无能的福王，将来自己能独当大权。将史可法送走后，他立即派人寻到福王，瞒着史可法等人率先将福王迎进南京，拥为新帝。等史可法知晓，大局早定，再无回天之力。福王被立的消息传来时，钱谦益还正在兵部侍郎吕大器府上商量如何迎立潞王。听到部下飞报的消息，钱谦益一下子就懵了，半晌才缓过神来，叹道："吕大人，马瑶草抢了迎立之功，我等又有历数福王七不可立的把柄在他手上，今后的日子怕是不好过了。"

此后几天，钱谦益都胆战心惊地躲在家里避风头，唯恐祸事临门。哪料想没有等来祸事却等来了马士英的请帖。马士英可是新朝中炙手可热的人物。钱谦益来到马府，马士英亲自出门迎接，设盛宴招待。宴席上，他不无遗憾地对钱谦益说："先生对马某有提拔之恩，马某当涌泉相报。如今新朝刚立，正需要先生这样的经天纬地之才，士英本想推荐先生入阁，可是新皇在入城前已经听说先生有推举潞王之心，对先生颇有不悦，先生入阁一事怕是不好办啊！"

尽管这样的结果早在钱谦益的料想之中，但是亲耳听到后还是忍不住一番郁闷失望。马士英看他面色深沉闷头饮酒，知道拿对了他的软肋，转而言道："皇上有意要勾去先生名字，要不是我为先生陈情，事情大概就不可挽回了。"听他这样说，钱谦益知道他必然还有用得着自己的地方。果然，马士英转口问道："先生可还记得阮大铖？"

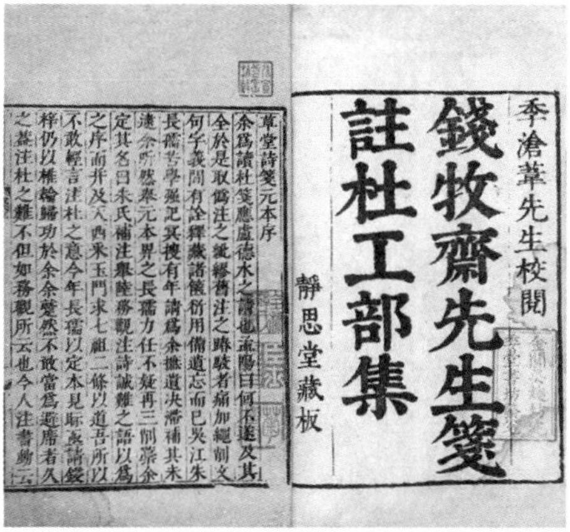

钱谦益笺注《杜工部集》书影

钱谦益一听阮大铖的名字立刻警惕起来，杯中的酒都跟着洒出了好些。这阮大铖原本也是东林党人，此人素来狡诈，因为在官职升迁时得不到东林的支持转而依附魏忠贤，陷害忠良，坏事做尽。马士英料到他会有如此反应，只是微笑着等他情绪归于平静，接着说："阮大铖过去虽然有许多为人诟病的地方，但是他已真心悔过，想要为新朝效力……"

钱谦益已经不需要再听下去了，马士英就是要他为启用阮大铖出力，只有他这个东林党领导说话才能堵住一众东林士人的嘴。钱谦益拒绝不得，马士英已经亮出了撒手锏，只要他稍有迟疑就会因为迎立问题被问罪。启用阮大铖的后果钱谦益自然知道，当日阮与东林势不两立，后来被废为庶民永不叙用。如果他再次当权，东林必遭灭顶之灾。可是为了自保，钱谦益还是上了一道推举阮大铖的奏疏。

奏疏一上，朝廷上下一片哗然。钱谦益的奏疏中同时举荐的还有蔡亦琛，蔡亦琛却满脸鄙夷地说："我蔡某人不需要这种人举荐。"往日的东林同僚也都漫骂不及，不屑与之为伍。钱谦益从士人领袖沦为众矢之的。弘光政权在阮党和东林明争暗斗中过了将近一年，而钱谦益始终是风箱里的老鼠，两头挨骂。他心里很苦闷，想要解释却又不知该从何说起。他写了这么一首泄愤的诗：

一年天子小朝廷，遗恨虚传覆典刑。
岂有庭花歌后阁，也无杯酒劝长星。
吹唇沸地狐群力，嫠面呼风蜮鬼灵。
奸佞不随京雒尽，尚留余毒螫丹青。

钱谦益在诗中大骂那些误国的奸佞之臣，希望他们随着故京一同消失，不要再祸害人间。钱谦益所指的奸佞自然是马、阮，但在这之前他因举荐阮大铖得了礼部尚书一职，在骂过两人之后他也并没有弃暗投明，仍然“日奉马、阮意游宴”，从此士人同僚对钱谦益更加不齿提及。

弘光政权并不长久，弘光帝整日荒淫度日，不思进取，朝中小人当道，倾轧忠良。两年后，清军挥师南下，史可法殉难身亡。弘光帝和马士英看大势已去，连夜出城逃走，南京城里乱作一团。此时清军已经攻到了南京城下。钱谦益重新出仕原本要做一个中兴之臣，无奈出师不利，拥立第一仗就彻底败北，接下来的日子都是在马士英的压迫下苟延残喘，现在还要在这石头城里做陪葬。扬州屠城的消息已经彻底打垮了留守军官的斗志。马士英留下一个不堪一击的烂摊子，倘若坚持抵抗，清军必然血腥报复。第二天，钱谦益便写了降表，随着赵子龙等人出城迎降了。

先前投靠马士英，钱谦益已经名誉扫地了，此次出城降清更加使他臭名远扬。柳如是劝说他自杀殉国挽回名誉，并表示自己会紧随其后。钱谦益犹豫再三，终于同意了。两人载酒泛舟，欲效仿屈原投水自尽。钱谦益一直坐在船中闷头喝酒，直到天色渐晚，他才探手摸了摸水，说：“水太凉了，明天再来。”柳如是气急，纵身跳入水中，钱谦益连忙呼喊岸上的家丁将她救了回来。

多铎入城之后颁布了剃发令，并扬言“留发不留头，留头不留发”，一时间群情激愤。众人来到钱府商议剃发之事，有人说不必拘泥旧礼，先保命再复国，有人说事关名节，不可低头。大家吵吵嚷嚷，一时没有定论。这时，钱谦益忽然说了一句：“头皮痒甚。”然后转身走进内庭，大家都以为他去梳头，谁知他回来时头发已经剃好了，脑袋后面拖着一根长辫子。众人拂袖而去。钱谦益也不生气，乐呵呵地拿起桌上的笔给清朝写了几封“效忠信”，再三表示自己愿意为清朝做一些力所能及的工作，并保证永不翻案。清朝正在用人之际，邀请钱谦益入京为官。钱谦益欢天喜地，写诗道“春风自爱闲花草，蛱蝶何曾拣树栖”。东林士人听说钱谦益要入京为官，还写了这么一首无耻的诗，于是也写了一首诗寄到钱府为他“践行”，诗曰：

钱公出处好胸襟，山斗才名天下闻。
国破从新朝北阙，官高依旧老东林。

诗中的讽刺犀利尖刻，钱谦益读后神色黯然，柳如是也趁机对他百般劝说。临行前夕，正逢中秋佳节，柳如是与钱谦益泛舟西湖之上，一个是悲伤缠绵，一个是满怀喜悦。柳如是看着眼前熟悉的湖光月色，吟道：

素瑟清樽迥不愁，柂楼云雾似妆楼；
夫君本志期安桨，贱妾宁辞学归舟。
烛下乌笼看拂枕，凤前鹦鹉唤梳头；
可怜明月三五夜，度曲吹箫向碧流。

柳如是劝钱谦益退出政坛远离是非，她想用柔情和宁静甜蜜的归隐生活挽留住丈夫。钱谦益已动功名之心，一下子哪里收得回来。第二天，他还是踌躇满志地收拾行装，入京赴职。

柳如是虽然是青楼出身的风尘商女，但是她却比钱谦益这些饱读诗书、满嘴仁义道德的文人士子更有民族气节。当初钱谦益生降已经让她失望透顶，如今他不顾劝阻执意出仕清朝更是让她寒透了心。以前那个才华横溢、满身正气的长者变成了这样一个积极功名、毫无气节的小人，她还能有什么留恋之情。钱谦益走后柳如是气闷病倒，后来竟与一个看病的和尚搞到了一起。两人在钱府寻欢作乐，毫不避讳。而一心谋取功名的钱谦益在京城混得并不理想，他一心想着宰相的高位，最终还只是得了个礼部侍郎的闲职，不免有些心灰意冷。这时家中传来了柳如是蓄养男宠的消息，他更是觉得一刻也待不住了。钱谦益心中明白，柳如是虽然生性风流不受礼教束缚，但她不会轻易做出如此荒唐之事，此番公然在家蓄养男宠主要是为了表达对他屈节侍清的不满。一方面为了赢回美人心，另一方面也是出于对清廷分封给自己的官职不满，钱谦益决定弃清复明，“改邪归正”。

顺治三年六月，钱谦益辞官南归，东林友生在城外迎接。有人讽刺他说：“老大人许久未晤，到底不觉老。”当时“觉”与“阁”同音，“不觉老”即“不阁老”，

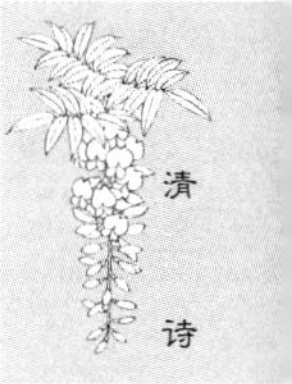

讥讽钱谦益降清也不得为阁老。钱谦益指着自己的衣服说“老夫之领学前朝，取其宽，袖依时样，取其便”，意思是自己并没有忘记前朝。众人不以为然，笑道：“先生真可谓两朝领袖。”

钱谦益这次出仕是折了名声又赔了夫人。族人请求将柳如是关进猪笼扔到河里，钱谦益却摆了摆手，说：“生逢乱世，我等男子尚不能顾全名节，有何颜面要求女子守节。”

钱谦益

这年年底，钱谦益带着柳如是移居拂水山庄。尽管他一味地讨好赔笑，柳如是依旧对他不理不睬，不时冷言讽刺。一天晚上，抗清义士黄毓祺突然拜访。黄毓祺原本是江阴典吏，清朝政府颁布剃发令之后，他率领江阴士民起兵反抗。前些日子，他又招募了数千兵勇想要夺回江阴、武进和无锡，陈子龙在松江起兵与他响应。现下他正是因为缺乏兵饷前来求援。钱谦益与此人素无交集，此番前来定是陈子龙推荐。想到陈子龙尚能向抗清义士推荐自己，钱谦益不禁有天涯知己的感动，当下允诺为黄毓祺筹集军费。柳如是看他真心悔过，又做出如此牺牲，心中欢喜异常，看向他的眼光也充满了鼓励和崇拜。钱谦益注意到她灼热的目光，立刻觉得自己的身子往上长了许多。

钱府经历了战乱，田租和海上生意收成都不好，哪里拿得出这么多银子？钱谦益不忍让柳如是再次失望，只好忍痛卖了自己珍藏多年的宋版《汉书》。时逢乱世，愿意出资购买这样昂贵古籍的人不多，钱谦益等了十几天，终于有一个不愿透露姓名的人出五千两银子将书买走，他这才凑齐了八千两银子，送与黄毓祺做军饷。

宋版《汉书》书影

银子送到黄毓祺手上后，钱谦益觉得终于办成了一件让自己脸上长光的大事，以后再不怕东林人的嘲讽。再加上柳夫人最近对他关怀备至，温柔体贴，心中更是觉得舒畅无比。第二天拂晓，钱氏夫妇在拂水崖送别黄毓祺。崖边红梅怒放，钱谦益心情大好，吟道：

老梅放繁花，回此世界春。
信知诸天树，逆风始香闻。
日近山容鲜，气至鸟语新。
涧泉长前坡，悬流隔通津。
花红来驻此，多谢桃源人。

诗中钱谦益将黄毓祺比作桃源人，让自己这株老树挽回了名声和爱情，迎来了生命中的第二春，感激之情溢于言表。

黄毓祺走后没多久，起兵失败的消息便传来了。据说是因为起兵当日天气突变，海船刚刚出发就遭遇狂风，许多船只被掀翻，黄毓祺也被清兵抓获。钱氏夫妇辛苦筹集的八千两银子就这么打了水漂，而且事情一旦暴露，钱谦益必然遭受牵连。柳如是一听到消息就急火攻心气昏了过去。没过几天，官府就到钱谦益家里来抓人。年近七十的钱谦益被官兵五花大绑地押出了钱府大门时心里倒也平静，这几年因为投降附逆声名狼藉，心中的煎熬无人理解，如今因抗清遭祸也算是以残污之躯全忠义之节。公子孙爱生性胆小懦弱，看着父亲被抓也只知道跟着陈夫人、朱姨太后面哀哀啼哭，半点主张也没有。这时候，大病未愈的柳如是被丫鬟搀扶着走了出来，坚决要陪伴钱谦益一同前往南京受审。

有了柳如是的照顾，钱谦益路上好受很多。柳如是出手阔绰，前后打点军士，从他们口中探得许多消息。原来黄毓祺是被宁波知府所抓，宁波知府不是别人，正是与柳如是有过婚约的谢三宾，拘捕钱谦益也是谢三宾的主意。他要黄毓祺交代与钱谦益的关系，责问军饷由来。黄毓祺说道：“身犹故国孤臣，彼乃新朝佐命，马牛其风。”谢三宾不甘心，说他手中握有证据，求上级批准在南京预审此案。

话说谢三宾虽然心狠手辣，狡猾阴险，可他对柳如是却是一往情深。当初柳如是抛弃婚约嫁给了自己的座师钱谦益，他心中很是失落，此后自号“塞翁”，以表达自己失“柳”之痛。前些日子，听闻钱谦益要卖自己的宋版书，谢三宾便起了疑心。他知道自己老师一直把这书当宝贝藏着，近些年钱府虽说进项不多，也不至于要卖自己的命根。谢三宾留了个心眼，偷偷将这书买了下来。没过多久，黄毓祺起兵的消息传来了。黄毓祺与陈子龙是一路的，陈子龙是柳如是的旧爱，钱谦益对柳如是言听计从，看来钱谦益卖书必然是为反清义军筹集军饷。刚好书又在自己手上，谢三宾当然要大做文章，以报当年的夺妻之仇。

柳如是一到南京就拖着病躯到处活动。她一边通过顾横波结识梁维枢的母亲吴太夫人，日日讨她欢心，另一边又亲自到谢三宾府上去求情。柳如是来拜访的时候，谢三宾正在南京寄居处吟诵自己的故作：

春归何处最销魂，飞絮闲庭昼掩门。
愁绪只应归雁觉，愁怀难共落花论。
天涯人远音书断，斗室香销笑语存。
无限情怀消折尽，不堪风雨又黄昏。

“天涯人远音书断，斗室香销笑语存。”美人已经远在天涯杳无音讯，可是她来过的屋子仿佛还残留衣香，萦绕笑语。“无限情怀消折尽，不堪风雨又黄昏”，这不正是他失去柳如是之后的心境？柳如是站在门外听了半晌，知道谢三宾对自己余情未了，事情尚有可为。她轻轻地走了过去，柳眉轻蹙，弱质纤纤地问了句：“谢大人一向可好？”

谢三宾一见柳如是就呆住了，转而明白了她的来意，故意感慨道：“我是孤灯冷衾度日，哪里谈得上好不好？”

柳如是更显娇弱，说：“如是负了大人，本已无颜再见，无奈家中突临大祸，还望大人念及旧情，将我家老爷的案子延迟审理，也好让他能够喘息几日。大人若是觉得客居南京无聊乏味，如是愿意陪伴大人左右。”

柳如是小像

谢三宾等的就是这句话，不过他低估了柳如是的本事，以为她玩不出什么花样，当下便应承了下来。接下来的日子，柳如是表面上日日在谢三宾处赔笑，背地里却暗度陈仓。她吩咐心腹钱观设法去死牢里见黄毓祺，给他送去了涂了砒霜的白云片。几次庭审，谢三宾都对黄毓祺用了大刑，即使是铁骨男儿也难以忍受这非人的折磨，坚持到现在已经到极限了，再审下去，保不住自己就把钱谦益招供出来。自己丢命事小，连累了钱先生是他不愿意的，所以如今只求速死。刚好柳夫人送来了这加料的点心，倒是随了他的心愿。第二天早上，狱卒来送饭时，黄毓祺已经气绝多时。牢头害怕受牵连，就以病死上报。这边，梁维枢受了母亲重托，在洪承畴面前为钱谦益讲情。洪承畴正准备亲自审理此案，牢中传来了黄毓祺病死的消息，如今死无对证，只得放了钱谦益。

钱谦益本来以为自己在劫难逃，没想到柳如是居然将他救了出来。从鬼门关转了一圈，再看这世间的一切都觉得美好，对柳如是也更加疼爱和尊敬。出狱后他写了《和东坡西台诗韵六首》，以表达对娇妻倾身营救的感激之情。其一曰：

朔气阴森夏亦凄，穹庐四盖觉天低。
青春望断催归鸟，黑狱深沉报晓鸡。
恸哭临江无壮子，徒刑赴难有贤妻。
重围不禁还乡梦，却过淮东又淮西。

据说钱谦益原诗写的是“恸哭临江无孝子，徒刑赴难有贤妻”。孙爱看到后很伤心，害怕后人耻笑自己不孝，三番两次央求父亲换字，钱谦益才将“孝子”换成了“壮子”。其实公子孙爱并非不孝，只是生性过于懦弱，难承重任。彼时的钱谦益已经六十七岁，家产几乎都用来补贴抗清的义军，晚年只以卖文为生，临终前还为自己的丧殓费发愁。孙爱一直埋头读书，不问家事。后来钱谦益去世，棺木还未下葬，钱氏族人就聚众闹丧，想要吞并钱府家产。柳如是虽然性子刚烈，但是她毕竟是后娶的妾，又失去了钱谦益这座靠山，说话到底是没分量的，最后只能以死逼退恶徒，帮孙爱保住了家产。

钱谦益降清不得志又归隐，时时以遗民自居，晚年也确实为抗清出了很多力，但是除了黄宗羲、冒辟疆，往日里的朋友门生都不屑于与他来往。而在清朝，乾隆皇帝也直言其有才无行，写诗讽刺他“平生谈节义，两姓侍君王”，后来，乾隆皇帝还下旨销毁钱谦益诗文集。钱本是一代文章钜手，以人累诗，惜哉！惜哉！

奇人异士　怪事趣闻

《镜花缘》《聊斋志异》《封神演义》《西游记》被称为明清四大志怪小说。志怪小说在清代的盛行引领了以怪为美的审美倾向，诗歌创作也难免受其影响。再加上朝代鼎革，风云际会，更多的奇人异士、怪事趣闻涌现出来，它们成为诗人们热衷的创作素材，为清代诗歌增添异样风采。

与君化作鸳鸯鸟，岳水吴山祗共飞

——妻子化鹤唤夫归

董说（1620—1686年），字若雨，号西庵，浙江乌程人。他出生在富贵之家，自幼聪慧通达，喜爱佛学。崇祯年间，明朝已是一片衰败之象，官庸兵弱，内外交患。董说觉得在乱世之中，丰厚的家产只会招致祸患，于是尽散家资去帮助那些饥寒交迫的穷人和流民。明亡后，董说归隐山林，受灵岩大师点化，随他剃度出家，自此云游四方。

独钓图

有一次，董说到蜀山游历，途中经过一湖。此湖名叫白鹤湖，湖水清澈，边上有几只白鹤，或立或卧，姿态闲逸，湖心还有几只打渔的小船。青山绿水，闲云野鹤，渔翁欸乃，真是令人顿觉舒爽。董说准备在湖边歇脚，正好一个渔翁划着船，唱着歌，朝岸边而来。渔翁是个白发苍苍的老者，见董说独自一人，便把船停靠在湖边走过来同他聊天。董说对老者感叹道：“此地山郁水清，真是神仙居所啊！”老者抚须大笑，说：“神仙没见过，故事倒听了不少。”说罢，指着岸边的几只白鹤就讲了起来。

竹鹤图

据说，白鹤湖原来叫作毓秀湖，湖中也并无白鹤。几年前，有一个从钱塘来的书生。他自认为身负经世之才、怀抱兴国之志，但却屡次科举落第，久不得意，心中郁闷难解，于是放浪形骸，到处流浪，数年不归。他的妻子终日守着空闺以泪洗面，最终相思成疾，一病不起。在弥留之际，她化作一只白鹤，到处寻找丈夫的踪迹。

这一日，书生又喝得酩酊大醉，瘫倒在毓秀湖边。岸边空无一人，他就对着湖水诉说心中愁苦，说着说着昏睡了过去，并且做了一个奇怪的梦。梦里飞来一只白鹤，望着他不停地流眼泪，继而又呜呜咽咽地悲鸣，甚至还开口说起人话。白鹤说道："既然在外面过得不好，你为什么不回去呢？如今我已不在人世，只因为心中还挂念着你，这才魂魄渡江，寻你至此。"

书生醒来之后，脚边果然立有一只白鹤，双目含泪。想到白鹤在梦中对自己说的话，心中大惊，连忙赶至家中，然而家中已空无一人。邻居告诉他，妇人于前几日刚刚过世。妻子过世的日子，与他醉倒在湖边的日子正是同一天。从那一年之后，每年这个时候，都会有成群的白鹤飞至湖边，停留几日后再离去，仿佛当年的妇人来寻觅丈夫的身影。当地人为了纪念这个深情的妻子，就将毓秀湖改为了白鹤湖。

董说听完后感慨不已，说："以前，我觉得女子深情，没有人比得上杜丽娘，今日听了您的故事，才知天下深情女子多矣！"于是在湖边写下这首《白鹤怨》，以祭妇人英灵。其诗曰：

几回梦里度金微，此夜蘋洲唤客归。
与君化作鸳鸯鸟，岳水吴山只共飞。
怨鹤涕痕染客衣，愁魂历历是耶非！
从今添入相思谱，不羡当年老令威。

望帝思君君未归，啼尽赣江寒食雨

——彭孙贻千里寻父

彭孙贻（1615—1673年），明末清初学者，字仲谋，一字羿仁，号茗斋，自称管葛山人，浙江海盐武原镇人。彭孙贻在明末时以明经首拔于两浙，入清后不仕，博览诸书，闭门著述。曾与吴蕃昌创“瞻社”，时称武原二仲。工诗善画，七言律诗仿效陆游，为王士祺所赏识。著有《茗斋集》《五言妙境》《明朝纪事本末补编》《平寇志》等。

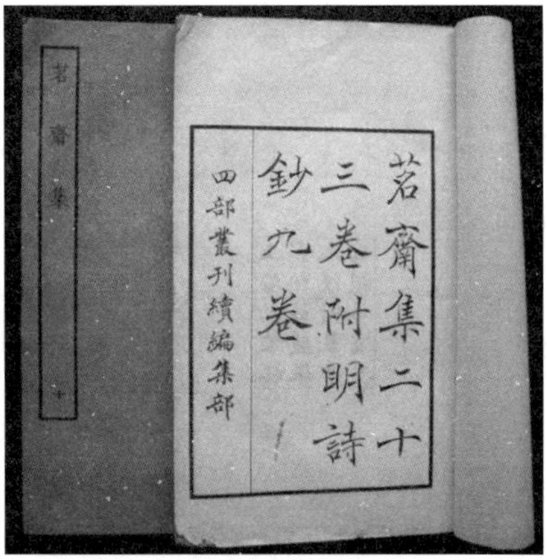

《茗斋集》书影

彭孙贻的父亲彭期生是万历四十四年的丙辰科三甲进士，在济南知府任上时，因囚犯逃跑受牵连而贬官，后辗转至赣州太常寺卿。顺治三年，清军攻破吉安，彭期生在章贡台以冠带自缢殉国。彭期生的同僚杜凤和林桂芳将他葬在了章贡台上。彭孙贻听闻父亲死讯后不顾战火纷纭，从浙江孤身一人前往赣州接回父亲尸骨。可是当彭孙贻历尽艰难险阻到达赣州时却只见到当初装殓父亲的一具空棺，尸体不知所踪。

清兵攻入赣州时，官署的办事人员早已弃城而逃，彭孙贻询问无处。想到父亲一生为国竭力尽忠，如今却连尸体都不能保全，一同殉国的同僚们都能入土为安，父亲却流落为孤魂野鬼。彭孙贻心痛难抑，跪在父亲的空棺前号啕大哭，声音十分凄惨。此时正逢寒食节，彭孙贻边哭边咬破手指，在父亲的墓碑上题了一首《虔台寒食怨》：

虔南草枯向南树，吹做虔台冢旁土。
望帝思君君未归，啼尽赣江寒食雨。
纸钱湿烟飞不起，五父荒坟石无主。
几人江上共招魂，瘴海青蝇吊泉户。
平原门下客刘生，沽得梨花一杯乳。
独洒西州泪数行，滴入泉台菜根苦。
岭头孤儿望台哭，跪闻道旁双石虎。
何处龙蛇绵上灰，浩浩东风鹳鹄舞。

天色渐晚，彭孙贻重新埋掉了空棺，失魂落魄地回到驿馆。一连几天他都躺在床上不吃不喝，眼泪不停地往下流。驿馆里一个管马的老差役劝慰他说：“你父亲平时为人和善，从不与人结仇，不会有人故意掘了他的坟墓。听我手下喂马的伙计说你父亲其实并没有死，而是去了粤西从军，你不妨到那里寻上一寻。”当初杜凤埋葬彭期生时很多人都亲眼所见，老差役说得这些话并无凭据，只是在别人那听来的流言，但是却让彭孙贻重新燃起了希望。当天晚上彭孙贻就迫不及待地收拾行囊，连夜踏上了去粤西寻父的旅程。他找来一块木板，亲手刻上父亲的画像，一路印刷粘贴。身上的盘缠很快就花光了，彭孙贻就一边乞讨，一边打听。他走遍了广东省每个角落，也没有得到父亲的任何消息。五年后彭孙贻回到了老家，每日素衣疏食，郁郁寡欢，也不与人来往。他常常站在院子里望着门口发呆，一站就是一天，有时候睡到半夜突然坐起来悲歌痛哭。父亲生不见人、死不见尸始终是他的一块心病。

又过了两年，一位名叫曾尧旭的人找到了彭孙贻，说他知道彭父的尸骨在哪里。曾尧旭说，当年杨廷麟和郭维经的尸体被亲属接走后，迟迟不见彭家来人。杜凤觉得将彭期生独自一人葬在章贡台太过凄凉，就派他将彭期生的尸骨送回故里。他第一次来的时候并未找到彭孙贻，后来又来了几次，恰好彭孙贻到广东寻父，彭家一直大门紧闭，院子里也长满了杂草，邻居说彭孙贻去赣州之后就一直没有音讯。当时到处都是兵荒马乱，曾尧旭以为彭孙贻遭遇了意外，便自作主张，将彭期生的尸骨埋在了离彭家不远的后山上。前不久听说了彭孙贻寻父的事就赶忙赶了过来。

曾尧旭把彭孙贻领到了埋葬彭父尸骨的地方，彭孙贻伏在地上哀哀痛哭。在这之前，他还抱有一线希望，总是想着父亲还活着，因此天天站在门口守望。

偶尔等得不耐烦的时候，他也会想：哪怕是尸骨也好啊。如今真的找到了父亲的尸骨，他却又想回到那种日日苦等的日子了。没过几个月，彭孙贻便抑郁而终了。乡里的人被他的孝顺所感动，称他为孝介先生。

南渡三疑案

——《假亲王》《假后》《假太子》

崇祯十七年，李自成带领农民军攻入河南。福王朱常洵被煮杀，世子朱由崧继承福王位，在大臣的护卫下越城而逃，宗室皇裔在战乱中流离失所，各处奔命。甲申年，朱由崧在马士英、阮大铖的拥护下建立南明朝，定都于南京。南渡立国之后，曾先后有亲王、童妃、太子前来认亲，朱由崧俱不承认，并匆忙将其斩杀定案。是好事之徒贪慕富贵冒名顶替还是皇帝身份另有隐情？时人议论纷纷。诗人钱秉镫《假亲王》《假后》《假太子》三首诗讲的正是这段充满疑团的历史往事。

福王朱由崧

甲申年，朱由崧南渡立国。这一年的十二月，一个落魄僧人日日徘徊在石城门口。在城门巡逻的士兵看他形迹可疑，就把他当间谍抓起来关到狱中，由府部科道同法司会审。僧人名叫大悲，称自己在先帝时曾封齐王，后来又改口说是吴王，还曾招纳过潞王，于崇祯十五年渡江逃难，途遇变故，流落至此。供词中还牵涉到申绍芳、钱谦益等人。阮大铖令张孙振仔细审理，想要借大悲案兴大狱，最好将徐石麟、陈子龙等东林、复社的政敌一网打尽。张孙振按照阮大铖的吩咐，在上报的折子中说："大悲本是神棍，故作疯癫，主使另有其人。"又说"岂是黎丘之鬼，或为专诸之雄"，想要用皇位受威胁来激怒皇上。御史高允兹上书说："先帝从没有在崇祯十二年封过齐王，诸王也没有在崇祯十五年的时候过镇江南

大悲和尚像

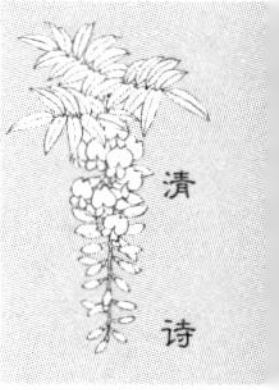

渡。亲王身份贵重，大悲却疯疯癫癫，语同梦呓，声称潞王曾亲自下位迎接自己，李承奉磕头陪坐，这岂不是天方夜谭？申绍芳、钱谦益现任宫詹卿贰，哪里敢有异心？况且这等事情拿到朝堂之上去谈论，有失体统。”钱谦益和申绍芳各自写了奏疏为自己辩解，马士英也上书劝皇上不要再追究此事。弘光元年三月，疯僧大悲事件以大悲斩首迅速结案。

疯僧大悲案过去没两天，又来了一名女子前来认亲。女子自称童氏，是皇帝流落民间的妃子。朱由崧还是德昌王时先娶了黄氏。黄氏早薨，又继娶李氏，后又娶童氏，并封童氏为妃。洛阳沦陷时朱由崧独自逃命，太妃与妃子们都流落到了民间。王妃们一个个貌美如花，自幼娇生惯养不问生计，在兵荒马乱的环境下失去了家庭的庇护无法自存，只得改嫁他人。朱由崧南渡立国以后，巡按御史陈潜夫就曾上奏有妃故在，皇上不理会。众臣以为皇上厌恶她们失身，也都不敢再提。这时童氏主动来找巡抚越其杰，越其杰拿不定主意，又去找广昌伯刘良佐。刘良佐让妻子亲自迎接以打探虚实。问到宫中往事，童氏说得头头是道，有依有据，应是元妃无误。刘良佐派人把童氏送至都下，并给皇上上书说：“皇上乃万民之主，理应为百姓做表率。夫妻乃人之大伦，希望皇上念及旧情，将故妃接回宫中。”皇上看到奏章后勃然大怒，当着朝臣的面骂童氏妖言惑众，并下令让内臣屈尚忠、锦衣卫冯可宗将其收入狱中，严加拷问。

童妃像

童氏在狱中给皇帝写了一封情真意切的书信，把自己的入宫日期、恩爱往事都仔仔细细地写了进去，以表明自己身份，求冯可宗代为转达。可皇帝看完信后并不为其所动。童氏以为皇上嫌弃自己再嫁，又写了一封信说：“失身之妇，没有脸面再活下去，更不敢奢望皇上宠爱，只求在临死前能再睹天颜，以解相思之苦，罪妇死而无憾。”然而童氏越是想要接近皇帝皇帝就越生气，甚至下令让屈尚忠对其施以酷刑。不久，童氏病死狱中。

假亲王一案扑朔迷离，高御史上书证大悲非郡王的话看似有理，实则句句经不起推敲。先帝无十二年封齐王之事是真，然张孙振称大悲本是神棍，幕后另有主使。那又是什么样的主使有胆量策划这么大的阴谋，却连先帝在哪一年封的齐王都弄不明白，让大悲随口妄言，这不是自露马脚以招祸患？自流寇蹂躏中原，各藩诸王来不及奏请圣上就南渡逃难的人不在少数，如今圣上都可以渡淮而南，诸王为何不能南渡？至于说潞王下位迎接，李承奉叩首陪坐，当时潞王近在杭州，李承奉也在朝为官，一招既至，是非真伪，一对便知，为什么不让他们当面对质？阮大铖、杨维垣千方百计地要把事情搞大以牵连复社、东林，又岂是钱谦益、绍芳一封自白的辩疏可以平息的？可见当时马士英的劝阻是起很大作用的，皇上自己也不愿深究。童氏一案也是疑点重重，为什么她求见天颜会惹得朱由崧更加愤怒，迫不及待地想要置她于死地？这背后真正的原因史书上并无记载，不过据后人大胆推测，此时的皇帝只怕早已被偷天换日。也许他根本不是当年从洛阳城里逃出来的德昌郡王朱由崧，而是马士英安排的一个傀儡。

当年，朱常洵被李自成所杀，朱由崧继承父位越城南逃。诸藩流离南来，改名姓乞活者不可胜数。马士英在凤地做官时，有人因为私藏王印被告发。马士英取来一看，正是福王印信，就仔细盘问了嫌犯印信来由。嫌犯交代说一个背着很多东西的外地人拿印来跟他换钱，他看这印信做工精美便答应了，说完又仔细地描述了那人的外貌特征。马士英根据这些线索找到了卖印的人，也就是当今圣上。在此前马士英并未见过德昌郡王，只是凭借福王印信就认定了他的身份。甲申国变后，马士英拥立其为皇帝，以邀援立之功。大悲到底为何人，现在仍不可确知。据说，庭审大悲时，大悲被手帕蒙住了头，说是患了麻疹，害怕传染。而且据大悲亲自招供，他并不曾说自己封齐王，只是说自己曾封郡王。以故郡王的身份回来乞封，合情合理，为什么被斥为妖僧，非要置其于死地。明廷南渡后虽然落魄，也不至于吝啬一点俸禄而置宗亲于不顾。高御史说大悲行为疯癫，语似梦呓，一定是大悲说了深犯忌讳的话。而在当时，能让人觉得语似梦呓的话莫过于质疑皇上的身份。大悲还说过潞王、李承奉对自己十分敬畏，如果大悲才是真正的德昌郡王，那么他确实有这个资格。所以，很有可能当今的皇上并不是原来的德昌郡王，马士英也早已知晓。马士英为人精明，为了挣援立之功顺水推舟，并且以此为把柄控制皇帝，独揽朝政。皇帝也乐享其成，所以两人都希望把大悲处斩了事。这也解释了为什么故妃以死求见天颜时，皇帝不但不念旧情，反而加以酷刑将其折磨至死。只可惜童氏与大悲未曾得见，实情湮没无闻，以至于到了今天，一切也都还是推测。

在大悲和童氏之后，又有北来太子前来相认，皇帝依旧称其冒名。太子是皇帝合法的继承人，事关江山社稷，自然不能像前两次那么轻易结案。当时藩镇督抚都上书力挺太子，皇上晓谕再三，大家还是坚持己见。最先斥责太子假冒的人是王铎，然而王铎不过是效颦西汉隽不疑以抬高自己罢了。至于太子老师方拱乾的辨认，反而更增加了众人的疑惑。方拱乾专门为了此案从北地来到南都，待命吴门。辨认前被召入宫，官复原职。受人恩惠自然要替人消灾。当时太子还是一少年，在众人之中看见自己老师倍觉亲切，赶忙跑过去喊方先生。方拱乾冷着脸不回应，只是问他一些平时讲课时的细节。一连问了十几个问题，竟没有一个答案得到方拱乾肯定。当年东宫讲官有好几位，此时只有方拱乾在，没有其他老师作证，即使少年答的全是对的，方拱乾说不对又有谁知道呢？众人不能信服，又让少年辨认禁城地图，指宫殿名目还有皇帝皇后的居所，均无一差池。如果不是自幼往来深宫，怎么会对大内如此熟悉？杨维垣在朝中扬言说："驸马都尉侄孙王之明相貌与太子有几分相似，并且熟悉宫中事。"马士英就把这话转达给了皇上，从这之后朝臣们就称少年为王之明。江督袁继咸上书说："内官公侯多从北来，王家是北地富族，家举宴饮，往来逢迎，必然见过王之明，为何无一人提及？王之明是驸马侄孙，虽然富贵却并不是皇亲国戚，又怎会对大内之事如此熟悉？况且从未听闻王家遭受变故，为何王之明只身流落南地而无父兄相从？杨维垣曾因逆案被囚禁十七年，一切国事不闻，宫闱亲密，他又是从何得知呢？可见是揣度之词，要不就是受人指使。"太子一案还未有结论，清兵就挥师南下了。豫王带着少年跟随弘光帝北上，最后与弘光帝死在了一起。太子身份是真是伪，到最后也没有定论。

北来太子一案，童氏伪妃一案，与假亲王一案都是迷雾重重，被称为南渡三疑案。钱秉镫认为：大悲是否是真正的德昌郡王尚不可知，但他绝对是中州避难南来的郡王。童氏出身不可考，但绝对是德昌郡王的故妃。少年是不是真正的太子也不能断定，但他肯定不是王之明。于是就写下《假亲王》《假后》《假太子》三首诗以纪此事，留与后人探明究竟。其诗曰：

假亲王

狂贼昔猖獗，诸藩皆炭途。

幸免有几人？亡命窜天隅。

如何妄男子,乃有非分图?

诏狱酷锻炼,一死伏其辜。

或云福世子,国破民间逋。

南都新立帝,匍匐趋乘舆。

侥幸思袭国,冒昧还招诛。

不闻隽不疑,叱收黄犊车。

满朝尽通经,世子来何愚?

假后

福国昔破散,骨肉如飘蓬。

诸王更衣遁,妃主不得从。

如何妄妇人?御史拥还宫。

叩阍不见容,榜掠词已穷。

愿归掖庭死,得一识重瞳。

或云世子妇,流落里妇同。

闻王即帝位,自谓匹圣躬。

庶几刑夫人,御环得相逢。

不知今上谁,空死囹圄中。

假太子

昔闻燕京亡,诸王已陷贼。

挟之左右随,贼去无消息。

如何妄小儿,憔悴来河北。

云是旧东宫,脱身今返国。

宫监无敢认,讲官不相识。

后云王之明,考讯已吐实。

党人为主使,大狱事罗织。

国亡天子走,群小拥登极。

遇上同就擒,并侍贤王侧。

贤王皆北还,真伪竟谁测?

似士不游庠，似农曾读书

——卖米诗人周青士

周筼（1623—1687年），初名筠，字公贞，更字青士，别字当谷，浙江嘉兴人。周筼原是明末的一个秀才，鼎革之后决意仕进，在家乡开了一间米铺卖米。他虽身在市井却依然爱好读书，未尝一日废卷。江南有许多名门望族在战乱过后都一贫如洗，迅速没落。而富族素有藏书之风，这些没落的望族后代就把祖辈们留下的藏书拿出来贱价出卖。周筼米铺对面是一个停船的码头，碰上有人卖藏书，他便买上一些堆在米铺中。每天上午开铺卖米，筐篓斗斛，人声鼎沸，到了下午，周筼便闭门罢市，坐在米堆里读书写诗。他还专门作了一首五言诗描述自己这种半工半读的惬意生活：

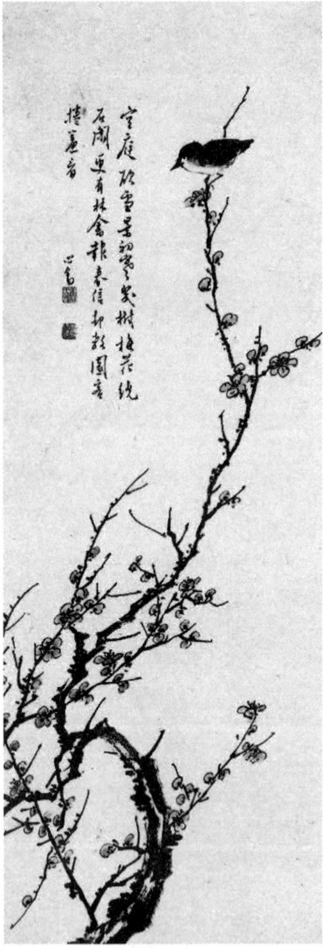

寒梅图

似士不游庠，似农曾读书。
似工不操作，似商谢奔趋。
立言颇突兀，应事还粗疏。
饥冻不少顾，吟诗作欢娱。

周筼生平有两大喜好：一是作诗，二是交游。周筼喜欢作诗近乎到了痴迷的程度，每次作诗他都非常入迷，完全忘记自己身在何处。有天夜里，周筼正准备睡觉，突然闻到一股梅花沁人心脾的香气，于是就想作一首梅花诗。他一边构思，一边披衣在院中徘徊，不知不觉就从家中走了出来。他沉浸在自己的精神世界中天马行空，脚下漫无目的地顺着路一直往前走。直到天已蒙蒙亮，附近村子里的鸡开始喔喔打鸣，周篔这才恍过神来，发现自己竟然走到了桐乡城外，头发上都结了一层厚厚的寒霜，浑身冻得冰凉，鞋底也磨破了。这里离周篔的家有二十里地，他低头看看自己磨破的鞋子发愁得不知如何是好。这时身边进城赶集的人已经慢慢多了起来，周篔在路边的一家小酒馆里借了笔纸，提笔写道：

为爱梅花欲断魂，酒怀难遣是黄昏。
逆风香里随筇去，知在月明何处村？
破除万事已衰年，说与梅花也可怜。
树底婆娑倚寥寂，只将诗句斗清妍。
谁识闲中别有情？酒醒时已夜三更。
鬓眉影落溪光里，人与疏梅一样清。
迢迢良夜此江乡，独往寻诗兴觉狂。
欲向荒寒参妙谛，满身花影满头霜。

写完之后，周篔就托路上去赶集的人捎给桐城里汪司马柯庭。汪柯庭问诗从何处来？捎诗的人回答说：“城外村店里有个人，他的鞋磨破了不能再走路，就写了这首诗让我送来。”汪柯庭听后哈哈大笑，说：“这一定是周青士写诗发狂了。”于是连忙派人将周篔接至家中，两人欢饮数日而别。

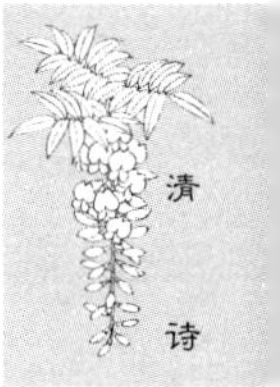

莲子心中苦，梨儿腹内酸

——刑场作诗意双关

金圣叹（1608—1661年），名人瑞，字若采，明末清初南直隶（清改江南省）苏州府长洲县（今江苏省苏州市）人。他是明末清初著名的文学批评家，为人狂放不羁，恃才傲物，但能文善诗，尤其擅长批点书文，被人称为“第一才子”，后因抗粮哭庙案，与顾予咸、倪用宾一同被杀害。

金圣叹画像

金圣叹在哭庙案被冤杀前曾在报国寺小住。他刚刚批点完《水浒传》和《西厢记》，想要尝试批点佛经，于是披衣秉烛去见方丈。老方丈也是个风雅和尚，喜欢卖弄文辞，得知金圣叹的来意后抚须卖关：“想批佛经也可以，老衲出一联，施主若要对得出，这经阁里的经书任施主批点，若是对不出，请恕老衲难以从命。”

正值半夜子时，老方丈听得外面打更的梆子响，稍加思索，出了上联：“半夜二更半”。

方丈这上联出得有巧思，结构上意义上都有照应。金圣叹是有名的大才子，对对联从不曾输过旁人，可这回是真难住了。他在方丈门口踱了半晌终究还是没对出来，只好抱憾而归。

三年后，金圣叹因为“哭庙案”被判斩杀。临刑前一夜，他的两个儿子带着酒来狱中探望。金圣叹一边喝酒一边感叹：“割头，痛事也，饮酒，快事也。割头而先饮酒，痛快痛快！”

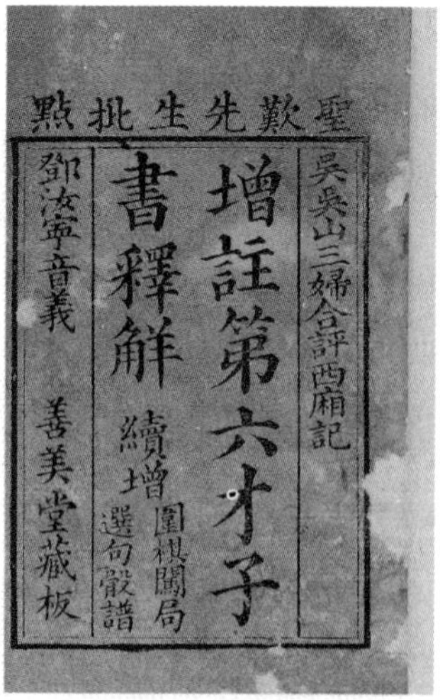

金圣叹批点本《西厢记》

两个儿子跪在地上痛哭流涕，金圣叹问道：

"明天什么日子?"

儿子哽咽道:"八月十五中秋节。"

金圣叹忽然仰天大笑,兴奋地说:"有了,有了。"

儿子们以为父亲想出了脱身的办法,赶忙跪挪着靠了过来询问。

金圣叹说:"下联有了,'中秋八月中'。"并让儿子快去告诉报国寺方丈。

儿子们哭得更厉害了:"这都什么时候了,父亲还想着这些没用的东西。"

金圣叹却摆摆手,笑容满面地喝起酒来。只是这位文坛巨子再也没有机会批点佛经了。

行刑这一日,天气突然转阴,不一会就飘起了雪花,天地间一片凄凉肃穆。胸藏秀气、笔走龙蛇的一代才子金圣叹披枷带锁,岿然立于囚车之上。刽子手手执寒光闪闪的鬼头刀站在行刑台上。两个儿子看着慈父将要被杀,一个个哭天抢地,悲痛欲绝。金圣叹于心不忍,又不知该如何劝慰开导,对他们说:"别哭了。来,为父的出个上联,你们且对对看。我的上联是'莲子心中苦'。"

两个儿子跪在地上哭得肝肠寸断,哪有心思对对联?金圣叹叹了口气说:"罢了罢了,我来替你们对上,'梨儿腹内酸'。""莲子"与"怜子"同音,"梨儿"与"离儿"同音,两个简单的谐音词将父子离别痛哭酸楚的心情写得淋漓尽致。

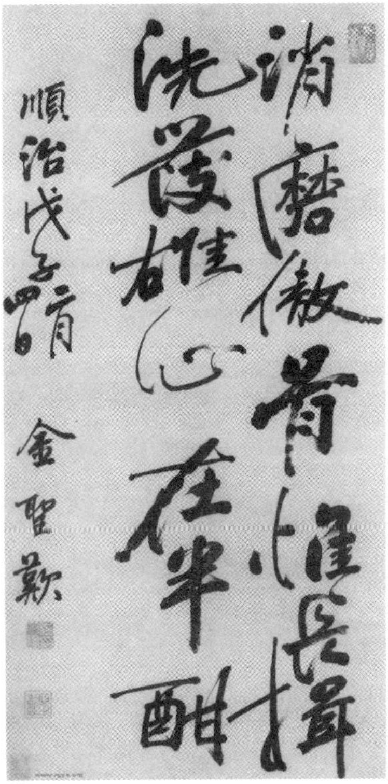

金圣叹书法

围观的人们被他们的父子真情感动,都说这场雪是上天显灵,不忍再见有窦娥那样的冤案发生。监斩官干咳了两声,压下了围观群众的喧哗,然后催促刽子手马上行刑。金圣叹留恋地环视四周一圈,高声吟道:

> 天悲悼我地亦忧,万里河山带白头。
> 明天太阳来吊唁,家家户户泪长流。

刀光一闪,一代才华横溢的文学巨星陨落了。只留下这字字珠玑、情真意切的对联和诗,让人读罢唏嘘不已。

夕阳返照桃花渡，柳絮飞来片片红

——金农巧对解人围

清代著名书画家金农，字寿门，号冬心，浙江钱塘人。他是“扬州八怪”之首，在诗、书、印章鉴赏收藏方面都称得上是大家，而且从小研习书文，文学造诣也很高。

有一次，扬州最大的盐商程雪门设宴请客，邀请金冬心作陪。江南一带历朝重视文教，连商人也喜欢附庸风雅。酒过三巡，有客人提议说：“寡饮无趣，咱们来行一个酒令。这个酒令叫飞红令，每人要说一句古人诗词，要有‘飞’‘红’二字，明嵌暗藏都可以。在下不才，这里先得了两句，权当抛砖引玉。”

这令不算难，此人先说的两句正是“花谢花飞飞满天，红消香断有谁怜”，有人不识出处，一脸茫然。旁边的人提醒道：“是《红楼梦·葬花词》里的两句。”有道是“开篇不说《红楼梦》，读尽诗书也枉然”，不知道出处的怕露怯，连忙附和：“对对，就是《红楼梦》。”后面的人有说“一片花飞减却春”，有人说“桃花乱落如红雨”，有的说不上来甘愿罚酒，也有人明明说得出，为显谦逊故意认罚凑趣。

转了一圈，最后轮到了东道主。程雪门做生意是把好手，诗词上却不在

金农画作

清诗

行。他本来记的就不多，这一紧张全都想不起来了。当着这么多同行熟人的面，连一句诗都说不出来，传出去难免被人笑话，干脆胡乱造一句蒙过去算了。他琢磨来琢磨去，不是不合题就是不押韵，一着急就随口诌了句“柳絮飞来片片红”。

此句一出，四座哗然。人称“咏絮才”的晋人谢道蕴曾用柳絮比喻洁白的雪花，这柳絮本是白色，何来“片片红”呢？于是大家都起哄，说程雪门胡乱杜撰，要罚酒。弄虚作假被当面戳破，程雪门惭愧得无地自容。金冬心原在角落里喝酒，看到程雪门的窘境心生不忍，放下酒杯说道：“诸位莫吵，雪翁这句诗是有来历的。这本是元人咏平山堂的诗，用在这里正好对题。”他站起身来，朗诵全诗：

二四桥边二四风，凭栏犹忆旧江东。
夕阳返照桃花渡，柳絮飞来片片红。

众人听后都拍手称赞，齐声叫好。

“好一个‘柳絮飞来片片红’，意料之外又在情理之中。妙！妙！”

“就是就是，这诗有如此新意，非唐非宋，原来是元诗，是我等孤陋寡闻了，想不到雪翁如此博学，佩服佩服！”

“到底雪翁和冬心先生比我们强！”

程雪门开怀大笑，连说：“过奖，过奖，大家赶紧吃菜，河豚凉了就不好吃了。”

在金冬心的帮助下，程雪门成功逆袭。其实这诗并不是什么元诗，金冬心为了替人解围，随口编了几句罢了。程雪门那一句狗屁不通的诗被他这么一包装，反而成了点睛之笔，不仅挽回了主人的面子，又不动声色地展露了自己的才华。

我本西方一衲子，缘何落在帝王家

——崇信佛教的顺治

清世祖爱新觉罗·福临是清朝入关以后的第一位皇帝，也是中国历史上最崇信佛教的一位皇帝。他六岁登极，七岁定鼎燕京，二十四岁驾崩。据清正史记载，顺治帝是因为出天花不治而亡，然而民间更为流行的说法是顺治帝因爱妃董鄂氏离世悲伤过度，万念俱灰，西入五台山削发为僧。

顺治帝画像

顺治帝崇信佛教最早是受家族环境的影响。早在他的祖父努尔哈赤时，佛教已经传到和图阿拉，努尔哈赤经常手持佛珠听僧人讲经。皇太极在位时，为了搞好同蒙古的关系，崇奉藏传佛教成为一项重要国策，藏传佛教开始在后金产生重大影响。顺治帝的母亲孝庄皇太后是蒙古人，自幼受佛教熏陶，又年轻寡居，常以信佛解脱心中孤独与苦闷。这些都对年幼的顺治帝有深刻的影响，然而最终促使顺治帝笃信佛教的，还是源于他在现实生活中的种种烦恼。

顺治帝六岁登基，十四岁开始亲政，称得上是得意的少年天子。但是少年福临作为一个皇帝也承受了太多的责任、期望和压力，使他从未享受过普通孩子的快乐与轻松。顺治帝曾对高僧陈忞说，皇太后只生他自己一人，极娇养，无人教训。十四岁开始亲政时对诸臣奏章茫然不

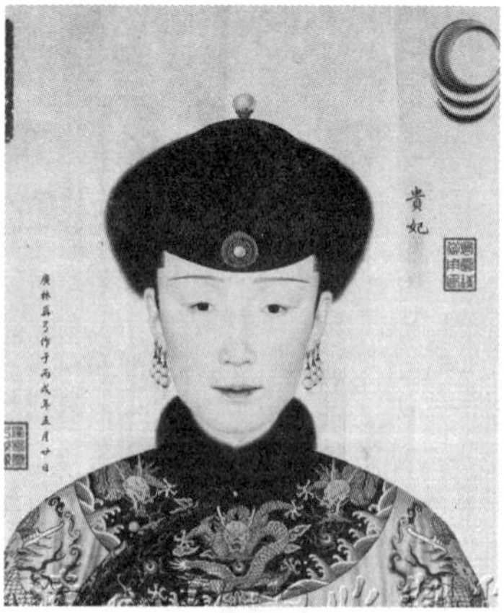

董鄂氏

解，于是发奋读书。每天上午处理军国大事完毕就开始读，一直到夜里三更，第二天五更又要起身去上朝。除了工作方面的压力，同母后关系紧张也让顺治帝很苦恼。顺治帝幼年贪玩，经常受到孝庄训斥。成年以后，孝庄将自己娇生惯养的侄女强塞给他，顺治帝宠爱董鄂妃却遭到强烈反对。再加上孝庄与多尔衮关系暧昧不清，让顺治很难堪，所以本应相依为命的母子二人最后越走越远。

顺治皇帝极其宠爱的董鄂妃原是他的弟弟博穆博果尔的福晋。董鄂氏聪敏俊丽，善解人意，因缘巧合结识了顺治帝，两人很快擦出了火花。顺治帝因为博果尔训斥董鄂氏不守妇道狠狠地赏了他一耳光。博果尔有理无处说，忧愤自杀。顺治帝则在二十七日服满后将董鄂氏娶进宫中，此后便落了个逼死亲弟，强娶弟媳的骂名。但这丝毫不影响顺治帝对董鄂氏的迷恋，依然予她越级晋封，专宠不衰，也正因为如此，孝庄太后和其他嫔妃都对董鄂氏恨之入骨。

年轻气盛的顺治皇帝还不很了解后宫中的生存规则，其他嫔妃越是排挤董鄂氏，顺治皇帝就越觉得内疚，对董鄂氏也愈加体贴备至。殊不知正是自己的宠爱将心爱之人推上了风口浪尖，成为众矢之的。女人的嫉妒心是可怕的，柔弱善良的董鄂氏自然敌不过一拨又一拨的阴险算计，她生下的小皇子不满三个月就离奇夭折，董鄂氏也一病不起。顺治帝非常伤心，追封这个早夭的儿子为和硕荣亲王，此后便开始不断召见和尚讲经，以舒解心中苦闷。三年后，董鄂氏终于承受不住心中的丧子之痛，撒手西归。顺治帝永失挚爱，更加痛不欲生。在董鄂妃逝世后的两个月内，顺治帝先后三十八次访问僧人茆溪森的馆舍，相访论禅，完全沉迷在佛的世界里。最后顺治帝终于看破了红尘，决心放弃皇位，孤身修道。在剃度前，顺治帝在寺庙的墙上写了一首诗，和自己纠结痛苦了二十几年的是是非非做了个了解：

天下丛林饭似山，钵盂到处任君餐。
黄金白玉非为贵，唯有袈裟披最难。
朕乃山河大地主，忧国忧民事转繁。
百年三万六千日，不及僧家半日闲。
来时糊涂去世迷，来去昏迷总不知。
不如不来亦不去，亦无欢喜亦无悲。
未曾生我谁是我？生我之时我是谁？
长大成人方知我，合眼朦胧又是谁？

但愿不来亦不去，来时欢喜去时悲。
每日清闲谁多识？空在人间走一回。
口中吃得清和味，身上常穿补衲衣。
五湖四海为商客，逍遥佛殿任君栖。
莫道僧家容易得，皆因前世种菩提。
虽然不是真罗汉，亦搭如来三顶衣。
兔走乌飞东又西，为人切莫用心机。
世事如同三更梦，万里河山一局棋。
禹开九州汤伐夏，秦吞六国汉登基。
古来多少英雄辈，南北山头卧土泥。
恼恨当年一念差，龙袍换去紫袈裟。
我本西方一衲子，缘何落在帝王家？
十八年来不自由，江山做到几时休？
我今撒手归山去，管他千秋与万秋。

“古来多少英雄辈，南北山头卧土泥”，此时的顺治帝已经看透红尘，对过往的富贵功名无丝毫眷恋。茆溪森亲自执刀为他剃了发。这下可急坏了皇太后，她火速派人通知了茆溪森的师傅玉林琇。玉林琇知道此事后也十分震怒，让徒弟们架起火堆要烧死茆溪森。顺治帝不忍他人无辜受牵连，只好答应蓄发还俗，但是他的心早已不在红尘。没多久，宫里就传来了皇帝驾崩的消息。顺治帝是否真的病亡很值得怀疑，有可能是爱子和董鄂妃先后离世对他打击太大，使得这位痴情皇帝早逝，也有可能是孝庄太后心中有愧，希望弥补母子嫌隙，因而瞒过世人帮顺治帝圆了他的出家梦。实情究竟如何，还有待我们去进一步考证。

福临御笔

一片一片又一片

——乾隆皇帝吟雪诗

据《西湖古今佳话》记载，乾隆皇帝曾六次下江南，每次必游西湖。乾隆皇帝第四次下江南游西湖时正值腊月隆冬，礼部侍郎沈德潜带着一帮文人侍驾同游。乾隆这么一个爱吟诗题字卖弄风雅的皇帝到了这文人骚客云集的西湖边上，又难得遇上大雪纷飞、漫天洁白的雪湖景色，当然要写一首应景的咏雪诗了。

乾隆像

前人吟雪诗句多得很，乾隆皇帝心想：写得不好就容易落俗套，必须写出新意压倒前人，否则就会被他们笑话。他想了半天也没有想出个眉目来，一时着急，就对着满天飞雪信口咏道：

一片一片又一片，
两片三片四五片，
六片七片八九片，

原想自诩风雅，不料念了三句后再无下文，一帮下属和文人还在一边等着呢。乾隆皇帝尴尬得满脸通红。沈德潜听了皇帝的诗，在心中暗笑说：这也叫诗？几岁的孩子都做得比他强，亏得他还摇头晃脑，装模作样。但是皇帝丢了面子，他们这些随行伺候的也别想好过，于是他赶忙跪下，对皇帝说：“这第四句请皇上赏与臣续上吧！”

乾隆皇帝正为难，沈德潜给他一个台阶，他赶紧顺着下来，说：“好，赏爱卿续上一句。”

沈德潜叩头谢恩，然后随口吟道：

飞入梅花都不见。

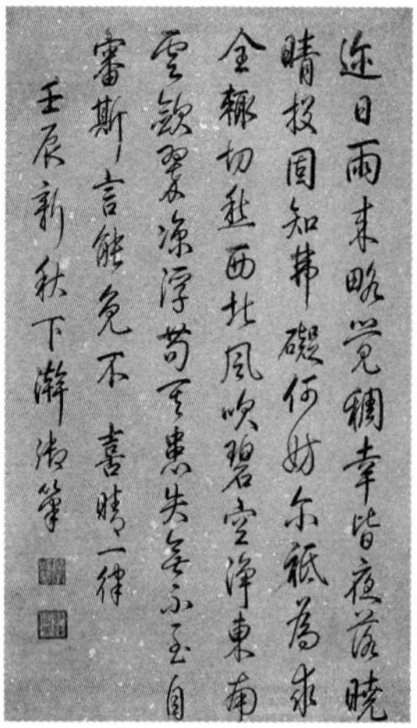

乾隆书法

乾隆皇帝的那几句诗原来狗屁不通，有了沈德潜这一句压轴，竟也成了首好诗。乾隆皇帝很高兴，当即解下身上的玉佩赏赐给沈德潜。

当初很多人听说乾隆皇帝的御制诗篇有十万余首，很是惊讶佩服。作为一国之君，日理万机，居然还有如此精力才华。如今看了皇帝这“一片一片又一片”的西湖吟雪诗，十万首就太不足为奇了。

一江明月一江秋

——十个“一”的七绝诗

陈沆是清代一位很有名气的诗人。他写诗不墨守古人，也不随俗转移，造意刻苦而出于自然，语言琢炼而达于质朴，更难得的是才思非常敏捷，人称“七步曹植”。

据说陈沆很年轻的时候就小有诗名。二十岁那年他去省城赶考，路上生病耽搁了几天，紧赶慢赶，终于在考试的前一天抵达省城外的溧河边。此时已经掌灯时分了，方圆几里都没有可以投宿的地方，最后一趟渡船也刚刚离岸。陈沆非常着急，等到明天再渡河恐怕就耽误考试了。情急之下，陈沆朝着刚刚离岸的渡船大声呼喊请求船翁把船摇回来。

恰巧船上坐着的几个年轻人也是去赶考的书生。一个略显年长的书生远远地打量陈沆一番，扬声问道：“兄台也是去赶考的吗？”

陈沆答道：“在下陈沆，是去黄州赶考的。请兄台们把船摇回来，搭载我一程。”

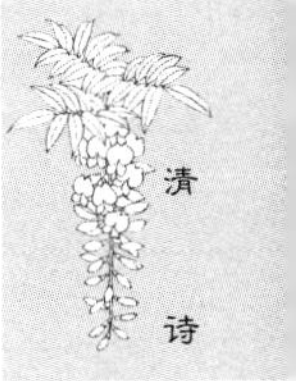

众人听说他就是陈沆，脸上皆是一惊。早前备考时就有消息说今年参加考试的考生中有个名叫陈沆的作诗十分了得，第一名恐怕非他莫属。如今这个强劲的竞争对手就在眼前，几个书生商量着准备为难他一番，阻止他去考试。略显年长的青衫书生说：“早就听闻你善文工诗，如果你能作一首包括十个‘一’的七言绝句，我们就把船摇回去载你一程。要是作不出来，那就请你打道回府明年再来。”

陈沆听了他的话，知道他们故意刁难，又害怕错过了船赶不上考试，赶忙答道：“好，好，你们先把船撑回来。”

船翁把船摇到岸边，陈沆一脚先踏上船板，众人催促他赶快作诗。陈沆抬头环视，看到烟波浩渺的碧波之上，一只渔舟荡桨而来。老渔翁坐在船头，身边搁着一根钓竿。他双手划着桨，身子一俯一仰，嘴里还唱着渔歌，悠然自得。陈沆略一琢磨，一首十个“一”的诗已经酝酿好了。他朝大家拱拱手，吟道：

江边晚渡

一帆一桨一渔舟，
一个渔翁一钓钩。
一俯一仰一场笑，
一江明月一江秋。

这首诗里，书生们要求的十个“一”一个不少，而且每个“一”都具有鲜明的形象，错落有致，清新自然，完全没有生硬堆砌胡编凑数的痕迹。众书生听了都连声叫好，痛痛快快地载上了陈沆一同赶考。

等闲不敢开窗看，恐被风吹入太湖

——塾师作诗讽主子

康熙年间，上海松江附近的一个小镇上有一户姓李的大富人家。李老爷是远近闻名的大商人，也是远近闻名的铁公鸡、吝啬鬼。他经常逼着工人加班加点地干活，还要时不时地找借口克扣他们的血汗钱。这样一个不厚道的老板当然没什么好名声，乡亲们经常在背后议论，骂他是个为自己老娘办丧事都要揩点油水赚上三分的缺德鬼。但是老天偏偏就对他眷顾有加，这几年李家的生意越做越大，李老爷年过半百又得一子。李家的这位小公子长相俊美、聪明乖巧，夫妻俩视如珍宝，因此取名李珍宝。

李珍宝很聪慧，长到六七岁的时候就已经认识很多字了。李老爷害怕埋没自己儿子的才华，狠了狠心，花高价钱请了远近闻名的刘先生给儿子当老师。刘先生是一位极有名望的宿儒，他教过的好几位学生如今都考了功名，当上了大官。李老爷欢欢喜喜地把刘先生迎进了府，付了定金，当天便要求他开始上课。

家庭教师吃住都在雇主家里，李老爷觉得自己已经付了先生应得的工资，这饭菜算是额外的供给，给得太好会吃亏，所以一日三餐都只提供一碗稀粥、一碟腌萝卜干。刘先生在当地是位名人，多少学生家长等着巴结，几时受过这等待遇？况且李家不是小门小户，不至于连一顿好饭菜都置办不起。刘先生很纳闷，猜测可能是李老爷生意出了问题，家中周转不开，要不就是自己初来乍到，主人忘了吩咐厨房，况且自己已经收了别人的定金，不好因为这一点小事反悔，当下也就没说什么。谁知一连几天都是稀粥萝卜干，连馒头也不曾见过。刘先生饿得两眼发昏，后来实在忍不住了，就向学生打听说："你父亲最近生意做得怎么样？"李珍宝说不知道。先生又问："家里吃得怎么样？"李珍宝回答说："天天就那几样，鸡鸭鱼肉、燕窝河豚什么的。"

先生一听顿时火冒三丈，合着就他自己吃的萝卜稀粥。李珍宝不知道先生为什么突然不说话了,催促说:"先生赶快教诗吧!"

先生有气无力地教了一句:

春游芳草地,

李珍宝念了两遍就会背了,请先生再教。先生却坐在太师椅上闭目养神,不吭声了。李珍宝心想:这先生今天是怎么了?突然问家里生意和饭菜,现在又一副不想理人的样子。难道是因为父亲太小气,没让老师吃好饭,老师生气了。他小眼珠一转,恭恭敬敬地对先生说:"我父亲——"他故意只说半句,把"亲"字拉得老长。

先生问道:"你父亲怎么了?"

李珍宝说:"我父亲说先生教学辛苦,要去买肉给先生改善伙食。"

先生一听,马上精神了许多。他稍缓了一口气,教了第二句诗:

夏赏绿荷池。

教了这句,先生又停下了,他想问问这肉到底买了没有,可是不好张口。

李珍宝看先生欲说还休的样子,说:"父亲早上叫人买去了,这会儿想必还没有回来。"

先生点点头,教他念第三句:

秋饮黄花酒,

一说到酒,喝酒必定有肉,先生肚子里的空城计叫得更欢快了,不知道他那块肉买回来没有。他对李珍宝说:"你去看看,肉买回来没有。"

李珍宝思索片刻,回答道:"我这就去。只是这首诗还没学完,父亲要是问起来,怕是要生气。"

先生一想也是,连忙教给他第四句:

冬吟白雪诗。

父亲说一天学一首诗，今天已经学了一首，可以痛痛快快地玩去了。李珍宝高兴地说了声“谢谢先生”，转身就要往外跑。先生急忙喊住他说：“这首诗我再教你一遍，省得你到你父亲那儿想不起来。”说罢闭了眼睛，摇头晃脑拖着长腔又把诗念了一遍，念完诗睁开眼睛一看，李珍宝早已跑得没了踪影。

先生坐在太师椅上，眼巴巴地等着吃肉。可是晚上端来的仍是萝卜稀粥。刘先生气得连粥都没有喝，倒床上便睡了。第二天干脆称病罢课，一句也不教了。

李珍宝看先生怒了，就把昨天骗先生买肉的事给父亲说了一遍，央求父亲去买块肉来，给先生赔罪。李老爷没有办法，只好吩咐厨子给刘先生菜里加些肉，但是肉要切得薄，二两吃三天。

刘先生吃了一天肉还没有尝出肉滋味，心里又气又恼。李珍宝来书房，他一口气教了一首八句的诗：

主人之刀利且锋，主母之手轻且松。
一片切来如纸同，轻轻装来无甚重。
忽然窗外起微风，飘飘吹入九霄中。
急忙使人觅其踪，已过巫山十二峰。

第三天，照样是跟纸一样薄的肉，先生心中气愤不已，又教了学生一首诗：

薄薄批来浅浅铺，厨头娘子费工夫。
等闲不敢开窗看，恐被风吹入太湖。

先生教罢，归还了李家的定金，出门扬长而去。

借问东邻肖西子，何如秀才学王轩

——痴人秀才寻西施

野史杂闻中记载了这么一个故事。唐代有一位诗人叫王轩，他才华横溢，相貌英俊，后来考中了进士，一路平步青云，一直坐到兵部主事。升官后的王轩意气风发，邀请同僚泛舟饮酒，同游西小江。

小船经过当年西施浣纱的苎萝川时停了下来。王轩与同僚舍舟登岸，欣赏两岸的美景。只见山峰险峻秀美，水碧草青，只是美景依旧在，不见美人归。王轩有感于怀，在西施石上题诗一首：

领上前峰秀，江边细草青。
今逢浣纱石，不见浣纱人。

同僚站在王轩身后，将王轩的题诗朗声念了出来。话音刚落，忽闻一女子接道：

妾自吴宫还越国，素衣千载无人识。
当时心比金石坚，今日与君见不得。

两人都吃了一惊，回头见石壁后走出一位美貌女子。她身穿一袭白纱，佩玉玲珑，正徐步走来。三人施礼相见，相谈甚欢，直至日落西山才依依惜别。

清代有位秀才听闻此事甚感惊奇。西施可是大美女，有幸见得一面真是死而无憾。于是他也学王轩去游西小江，泊舟在苎萝川，在西施石上题诗，想要引西施出来一睹芳容。可是他等了整整一天都没有见到西施。第二天又去，仍然失望而归。直到他把西施石上题满了诗，也没有见到西施的影子，只好怏怏不快地回去了。

同乡的另一位秀才听说他去学王轩寻西施，写了首诗嘲笑他：

三春桃李本无言，苦被残阳鸟雀喧。
借问东邻肖西子，何如秀才学王轩。

西施浣纱图

王轩生活的唐朝离战国有一千多年的间隔，西施的尸骨早已化作一抔黄土，哪有再活过来的道理。野史记载王轩吟诗遇西施之事多半是出于杜撰。或许是王轩追古思今，情动景生，自己臆想出来的一场风花雪月，也有可能是哪家的姑娘仰慕王轩风采，有碍于身份，冒顶西施之名与心上人约会。清代的这位秀才却信以为真，真是个痴人。

文坛名流　科场铩羽

李渔字谪凡，号笠翁，明末清初的文学家、戏曲家，曾评定《四大奇书》。李渔兴趣广泛，他的著作《闲情偶寄》包揽了词曲、演习、声容、居室、器玩、饮馔、种植、颐养八个方面，涉及戏剧美学和生活美学。中年以后，李渔专事小说和戏剧创作，并自蓄家妓，组成戏班，带往各地演出，以戏会友。李渔对生活情趣的追求亦反映在他的诗歌创作中。有中国短篇小说之王称号的蒲松龄字留仙，又字剑臣，别号柳泉居士，世称聊斋先生，山东淄博人。他少有奇才，但在科举路上却屡遭铩羽，四十年为人塾师，七十一岁才破例提为贡生。他性格耿直孤愤，一生最突出的成就便是写成了“刺贪刺虐入骨三分”的《聊斋志异》。所以蒲松龄的诗歌中描述寄人篱下的生活感受和讽刺贪虐小人的作品写得尤为真切精彩。

顾此新旧痕，而为悠忽戒

——李渔种树题诗

李渔原名叫作李仙侣，四十多岁名声大噪时才自己改名为李渔。李仙侣这个名字是族里长老给起的，据说与李渔出生时的传奇经历有关。

都说“十月怀胎，一朝分娩”，可是李渔的母亲怀了他整整十一个月，肚子疼了三天三夜还没能顺利生产。家里人都觉得这孩子是个不祥之人，特地请了远近闻名的道长来为产妇破劫。白发道士绕着李家的房子转了一圈，说：“非也非也，产妇肚子里胎儿乃是星宿降世，这座房子阴暗狭小，地盘太轻，载不住星宿。若想胎儿顺利出生，须得换个衬得住的地方。”李父听了道士的话，赶忙去请示族长，把产妇送到村里的祠堂门口。不过半个时辰，李渔就顺利出生了。族里的长老说李渔不是凡胎，是仙之侣、天之徒，于是就为他起名仙侣，成年后字谪凡，号天徒。

李渔

因为李渔出生时的这个小插曲，家人都对他寄予厚望，分外重视。李渔的母亲为了他能有一个好的成才环境甚至还仿效孟母三迁，最后带着他住到远离闹市的山间小院。李渔不忍辜负父母对自己的付出和期望，自小读书勤奋刻苦。他初来小院时亲手在院子里种了一株梧桐树，还在树上刻了一首自己做的诗。转眼三五年过去了，李渔当年刻的字也随着桐树长大而变大。他感慨时光飞逝，又在旧字痕外新刻了一首新诗，警诫自己不要虚度年华：

小时种梧桐，桐本细如艾。
针尖刻小诗，字瘦皮不坏。
刹那三五年，桐大字亦大。
桐字已如许，人长亦奚怪。

好将感叹词，刻向前诗外。
新字日相催，旧字不相待。
顾此新旧痕，而为悠忽戒。

这首诗作于李渔十五岁时，诗中描绘的是日常生活中一件极平常的小事，但是却昭显了生活的情趣、质朴的道理和积极向上的奋发精神，诗中既有动作，又有情思，夹叙夹议，层次分明。

因为李渔珍惜时光，刻苦努力，最后终于成为清代最著名的戏曲理论家、作家。他创作的戏剧《凤求凰》《玉搔头》，小说《肉蒲团》《连城璧》，传奇《怜香伴》都很受世人欢迎，流传广泛。李渔擅长作曲，精于音韵，他仿照《声律启蒙》所著的《笠翁对韵》是一部帮助人们作诗的韵书，词语包罗万象，声韵协调，易学好懂，至今仍然很受欢迎。

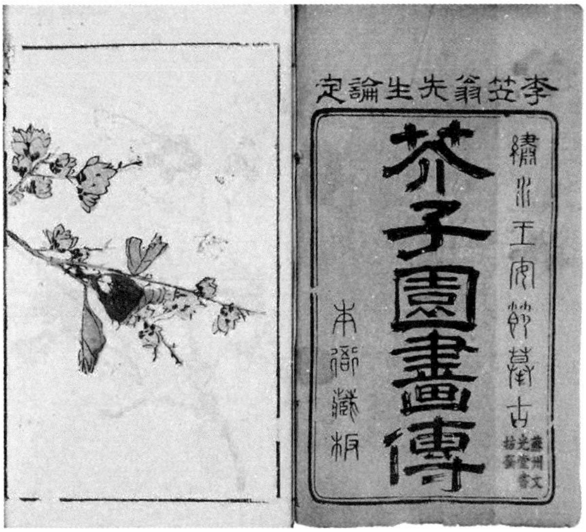

《芥子园画传》书影

李渔有一位朋友是个学问高深、满腹经纶的名士。这个名士很爱睡懒觉，无论是谁，“先时过访，未能有晤者”。李渔每次来拜访也总要等到下午才见他露面。

有一次，李渔与名士相约结伴游山。在游山的前一天晚上，李渔千叮咛万嘱咐，交代他一定不要迟到，名士欣然答应。第二天上午，李渔早早地来到山脚下等待，可是一直到日上三竿都没见名士的人影。李渔等得十分焦急，干脆亲自跑到名士家里去催促，结果看到他还在床上呼呼大睡，脸上盖着一本敞开的苏东坡诗集。李渔取下诗集随手翻了翻，刚巧看到了苏东坡的一首坐禅诗：

无事此静坐，一日如两日。
若活七十年，便是百四十。

李渔看桌上笔墨齐全，灵机一动，取旧诗一首，更易数字而嘲之，提笔写道：

吾在此静睡，起来常过午。

便活七十年，只当三十五。

此诗语言平淡却充满哲理，李渔反苏轼之意而用之，借由名士的口吻自嘲，用平易的话语和调侃的语调委婉地表达了自己对友人的劝诫。

留完诗后李渔心情愉悦地起身回家了。名士醒来后看到李渔的嘲讽诗深感惭愧，不仅亲自到李渔府上赔罪，还保证从此再不贪睡。

年年文战垂翅归，岁岁科场遭铩羽

——蒲松龄艰辛的科考路

明崇祯十三年庚辰四月十六日夜戌刻，蒲松龄诞生于蒲家庄内故宅北房中。这天晚上，蒲父梦见一位偏袒上衣、乳际粘有一贴圆如铜钱药膏的病瘦和尚进屋，初生的蒲松龄胸前正有块黑记，所以他常以“病瘠瞿昙”降生自况。蒲松龄家中兄弟四人，他排行老三。因家境渐落，不能延师，兄弟四人都跟随父亲读书。

蒲松龄天资聪慧，十九岁应童子试接连考取县、府、道第一名，名震一时。他经常游学在外，不事生产，家中两个悍嫂极为不满。兄弟分家后，面对“居惟农场老屋三间，旷无四壁，小树丛丛，蓬蒿满之”的现状，蒲松龄不得不违心地终止了在李家的借读，开始为生计奔波。他先到城西王村课蒙，康熙九年南下宝应县署做幕宾，后又辗转设帐于丰泉乡王家等缙绅之家维生。虽经兄弟析箸之变，受家计奔波之苦，蒲松龄却未间断科考，但是屡试不第，“年年文战垂翅归，岁岁科场遭铩羽”。科举无望，难达青云之志，灾年频仍，缺乏充饥之粮。中年的蒲松龄身负重担，在人生道路陡坡上艰难挣扎。

蒲松龄画像

康熙十八年，已届“不惑”的蒲松龄应同邑毕家聘请，设帐城西西铺庄。毕氏乃淄川四世一品的名门望族。馆主毕际有（载积）之父毕自严（白阳）是明崇祯间户部尚书。毕际有原任江南通州知州，康熙二年罢归，优游林下，诗酒自娱。他与王士祯、高珩等诸多名门多有交往联姻，就连任淄官吏亦多与攀结。

毕家财力富足，居第宏大。除尚书府外，有绰然堂、振衣阁、效樊堂、万卷楼等，楼后石隐园方广十亩，厅台廊榭，竹石花树，景色宜人。蒲松龄为毕家教授八个弟子，还兼职大量应酬文字，参陪迎送接待，很受重用。

毕家的优越条件和厚待使蒲松龄能在教书并处理杂物之余，得以安心预习举业，以图博得一第。但其命运不济终身未能如愿，所以他时常为自己的遭遇感伤。其诗句“世上何人解怜才”“痛哭遥追阮嗣宗”“独向陇头悲燕雀，凭谁为解子云嘲”，抒发了他壮志难酬且不为世人理解的苦衷，表露了他蔑视世俗庸人并以怀才不遇的扬雄自比的清高情怀。“年来憔悴在风尘，貂敝谁怜季子贫。瑟瑟晚风吹萧木，萧萧哀柳怨行人”“幽怀逢物伤，往事皆可泪。有情解悲秋，此夕何能寐”“文字逢时悲老大，晓床欹枕笑平生。年年落拓成何事，揽镜忽看白发盈”“残灯书阁照悲凉，搔首踟躇意暗伤……漏湿寒灯人独卧，虫声曲转九回肠”“狂情不为闻鸡舞，壮志全因伏枥消”“意气平生消半尽，惟余白发与天长”等感怀之作则充满了惆怅、哀怨与悲愤之情。

1709年，蒲松龄已经七十岁高龄，他决定撤帐归里，回家安享晚年。这年年底，他谢绝了馆主的挽留，冒着风雪回家团聚。一路上狂风暴雪，天寒地冻，蒲松龄毫不在意，他觉得此刻自己仿佛就是那不为五斗米折腰的陶渊明。想象着老妻抱着孙儿在门口守候，儿子儿媳烫酒热饭，来回奔忙，心中更是美不可言，于是他一边念着“乃瞻衡宇，载欣载奔；童仆欢迎，稚子候门”，一边不由得加快了脚步。

掌灯时分，蒲松龄终于透过浓浓的夜幕，影影绰绰地看到了白雪掩映下的蒲家庄。两个儿子早已在村头迎接他了，顶着暴雪酷寒赶路的疲惫在见到亲人那一刻一扫而光。一家人簇拥着蒲松龄进了暖烘烘的屋子，祖孙三代，济济一堂，欢声笑语，怡然自得。蒲松龄喝着自家酿的黄米酒，逗逗膝头的幼孙，享受着天伦之乐，心里十分满足。所有科考不第的哀怨和半生漂泊的愁苦都在平淡温馨的亲情中得到补偿和安抚。

酒足饭饱，蒲松龄诗兴大发。他唤来儿子为他磨墨铺纸，挥笔写了这首诗，纪念合家团圆这平凡而温馨的幸福时刻：

大雪纷纷落，掩帘四壁寒。
出门深没履，入舍急弹冠。
人稠炉益暖，饮剧酒忘酸。

喜得家人聚，人生此乐难。

蒲松龄性格孤直清高，他年少享誉时结识过一位姓唐的朋友，两人交情深厚，来往甚密。后来姓唐的朋友官运亨通，成为当朝太师。蒲松龄则科场失利，做起了乡野里的教书先生。蒲松龄不愿别人说他巴结权贵，就与唐太师渐渐疏远了。

有一回，唐太师在府里为母亲做八十大寿，朝中的达官显贵、唐家的远亲近邻都带着贺礼前来捧场。唐府到处张灯结彩，热闹非凡。唐太师正在前庭招待来往宾客，家人来报说："门外有个穿蓝布衫的老头儿声称是老爷故交，非要闯进来喝酒。"唐太师略一思索：穿朴素，性格执拗，难道是蒲松龄来了？

唐府的独眼管家来到大门口一看，果真是蒲松龄，真是冤家路窄。独眼管家与蒲松龄以前就打过交道，不过双方都相互看不上眼。那一天，独眼管家带着一帮人去乡下收租，趁机对农户敲诈勒索，不巧碰上了蒲松龄。蒲松龄最见不得这些奴才狗仗人势，欺压百姓，当面就把他训斥了一顿。独眼管家仗着太师府的权势，反诬蒲松龄煽动百姓，拒不交租，要求当地官府把他抓起来。结果，蒲松龄在公堂上对他又是一顿臭骂，还怒斥县官不分黑白，为虎作伥。十里八乡的百姓都来为蒲松龄作证求情，案子不了了之。独眼龙丢尽了颜面，十分痛恨他，如今他自己送上门来，正好羞辱一番轰出去。独眼管家心里还在盘算，唐太师已经迫不及待地亲自迎到了门口。看到多年不见的老友，唐太师立刻热情地迎了上来，亲自把蒲松龄引到客厅，请他坐在上宾席位。蒲松龄也不谦让，向众位官员贵宾拱拱手就坐下了。宴会正式开始的时候，唐太师又特

蒲松龄故居对联

意向众宾客隆重地介绍了蒲松龄。众官员都觉得蒲松龄有些傲慢，不过上司如此看重此人，他们也只能纷纷上前寒暄称赞。蒲松龄坐在座位上只是欠了欠身，表示答谢。

独眼管家看蒲松龄如此神气，心中更不舒服。过了一会，宾客开始相互敬酒。独眼管家挨个为宾客添酒寒暄，单单跳过了蒲松龄。蒲松龄眼里瞧得清楚，可他一直不动声色，自顾自地痛快饮酒。

这时，一位官员提议说："久闻蒲先生才华超群，诗文并茂。今日喜逢，怎能无诗？"满座官员也都纷纷附和。蒲松龄推辞了一番，众人坚持不允。蒲松龄无奈，说："在下才疏学浅，实在不会吟诗，不过众位盛情难却，在下就献丑讲个作诗的小故事，权当为各位解闷下酒。"众人都道好。蒲松龄笑眯眯地看了独眼管家一眼开讲了起来：

记得我刚学作诗的时候，颜山孙国老邀我登山踏青。老伴刘氏害怕耽误读书的好时候，怎么也不让我去，磨了半天嘴皮子还是白搭。后来，她怕我偷偷溜走，干脆端了个针线箩筐守在门口做起针线来。这时天已经不早了，孙国老屈尊降辈盛情邀请，我怎么能爽约呢？于是又向老伴再三恳求。她被我磨得心烦，说："做一首诗来便让你去。"我看她手里纳着鞋底，灵机一动，就胡诌了四句：

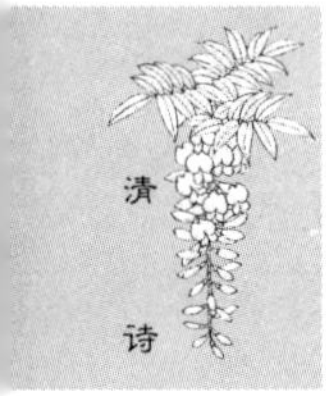

不是金来不是银，能工巧匠磨成针。
因为长着一个眼，只纫（认）衣裳不认人。

蒲松龄念完诗，众人都笑得前仰后合，只有独眼管家站在一旁哭笑不得。本来想借机奚落蒲松龄，不料反被他嘲讽了一番。

气真情真　意真趣真

在清代诗坛，郑板桥诗歌自成一家。他推崇杜甫、白居易，诗风质朴挥洒，多用白描，常以生活中的故事趣闻入诗，许多诗篇通俗生动，内容多为同情人民疾苦，憎恨贪官污吏，虽然有时显得真率有余锻炼不足，却更能凸显其真性情。气真、情真、意真、趣真，这正是郑板桥诗歌焕发出来的人格魅力。和郑板桥一样，袁枚也是一位性情诗人。赵翼曾写过一篇调侃文章，戏控道：“园伦宛委，占来好山好水；乡觅温柔，不论是男是女。盛名所至，轶事斯传……结交要路公卿，虎将亦称师伯。引诱良家子女，娥眉都拜门生……虽曰风流班首，实乃名教罪人。”章学诚则直斥其为“无耻妄人”。袁枚性格幽默洒脱，为人多情风流，他为诗会红颜和调侃自悼所作的一些诗歌洋溢着率真洒脱的气息，诗歌背后的故事也被人们传为趣谈。

是谁勾却风流案，记取当年郑板桥

——拟把疏狂图一醉

郑板桥（1693—1766年），名燮，字克柔，号板桥，江苏兴化人，清代著名的书画家和文学家。他喜读诗书，精工书法，善画兰竹，为人豪爽不羁，傲兀不群而且性格狂怪，是当时赫赫有名的“扬州八怪”之一。

郑板桥秉性耿直，常常作诗嘲讽权贵。他任潍县知县的时候，顶头上司知府大人要下来巡视，差役传报，要郑板桥出城迎接。这位知府大人是捐班出身，光买官的钱就足够填满一轿子了，肚子里没一点真才实学，整日就知道搜刮民脂、压榨百姓。郑板桥很是看不起他，心想：说是下来巡视民情，还不是借故来地方混吃混喝，耀武扬威。难道我不去迎接他就不来了？于是袖子一甩便回房里看书去了。

郑板桥画像

知府大人在城外等了好一阵儿，就是不见郑板桥带人迎接，只好抹下面子自己进来了。走到县衙门口时，只有师爷一人在门口候着，依旧不见郑板桥的身影。直到晚上为知府大人举办欢迎宴时，郑板桥才优哉游哉地从后堂踱着步出来，朝知府大人拱了拱手，说是看书误了时辰。

知府大人一肚子的怒火，指着桌上的螃蟹对他说：“此物横行霸道，目中无人。久闻郑大人饱读诗书，才气过人，何不以此物为题，吟诗一首，以助酒兴。”

郑板桥知道他要指桑骂槐，心下冷笑，随口道：“这有何难？”说完就招呼下人预备纸墨，题了一首吟蟹诗：

八爪横行四野惊，
双螯舞动威风凌。
孰知腹内空无物，

蘸取酱醋伴酒吟。

郑板桥题完诗，又专门在下面写了一句：赠予知府大人。知府大人看完后脸一会红一会绿，酒席没吃完便带着属下打道回去了。

郑板桥任山东潍县县令时曾断过一桩风流案。

潍县附近的山上有一座百佛寺，旁边还有一座天月庵。两地虽相离甚近，但和尚和姑子们都很守佛门清规，从来不私下往来。一日，郑板桥正在衙门闲坐，一群人捆着一个和尚和一个尼姑拥了进来，说是有人撞见他们两个在后山偷偷摸摸地幽会。郑板桥当着众人面盘问了两人，两人都对情事供认不讳。原来这个小和尚与小尼姑原本是同乡，从小就认识。后来遇上荒年，家里实在养活不起才送到佛门出家。佛门虽说是慈悲为怀，但是资历老的一些前辈总是对新来的和尚尼姑欺负打骂，两人同病相怜，相互安慰，一来二去便走到了一起。

郑板桥像

僧尼之间发生苟且之事，伤风败俗。众人都要求县官严加惩办，以正世风，小和尚和小尼姑也表示甘愿受责罚，郑板桥却一直沉默着不吭声。他细细打量两人：小和尚不过十六七岁的样子，小尼姑也不过十四五岁，两人均是眉清目秀，跪在堂下显得瘦小胆怯。如果世道清明，人民安居，这个年龄的孩子还正在父母跟前撒娇承欢。如今他们被家人抛弃，被迫出家又遭师傅虐待，好不容易找了个知心说话的人，门外这群人指责辱骂，欲杀之而后快。细想想，这两个孩子到底有什么错呢？不过是命运弄人罢了。众人都纷纷吆喝让两人浸猪笼，郑板桥从堂上走下来。他亲自将两人扶起，宣布他们无罪释放，并允许他们还俗成亲。这件事情在整个鲁东地区传得沸沸扬扬。

后来和尚和尼姑真的成了亲，郑板桥为他们主持了婚礼，还写了一首诗送给他们贺喜：

一半葫芦一半瓢，合来一处好成桃。
从今入定风归寂，此后敲门月影遥。
鸟性悦时空即色，莲花落处静偏娇。
是谁勾却风流案，记取当年郑板桥。

郑板桥在当县官时遇到了灾荒之年，田里颗粒无收，百姓流离失所。郑板桥多次上书向朝廷请求赈济，但是他的上司为了吹嘘自己的政绩瞒报灾情，将他的奏折扣押了下来。百姓连吃的都没有，还要被催着交纳租税，真是痛不欲生。郑板桥救民心切，看朝廷救援无望便私自开仓放粮，救济百姓。后来上司罪行败露，被依法处置，郑板桥也因为私自放粮被皇帝革职，于是雇了一艘小船，顺着大运河准备回江苏老家。

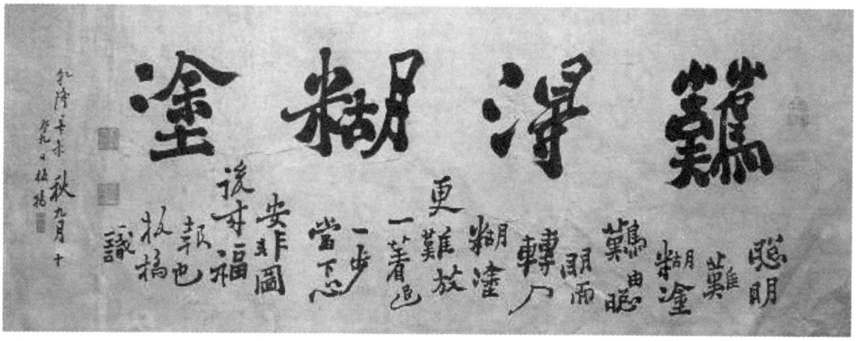

郑板桥书法

郑板桥一行人走到了扬州，准备到岸上去吃顿饱饭，可是船还没靠边就遭到了官兵驱赶。郑板桥从船舱里出来，见前面码头停着一艘气派的官船，桅杆上挂着“奉旨上任”的旗帜，船上的小兵正拿着长矛吆喝着让民船回避。一打听才知道，官船上载的原来是姚有财。

姚有财是朝廷一个大奸臣的儿子，此人不学无术，仗着老子的势利捞了个官坐，此番正是要去任上。郑板桥自言自语道：“你奉皇上的旨意上任，我奉皇上的旨意革职，都是奉旨，你神气个什么？”他拿出随身携带的手帕，在上面写了“奉旨革职”四个大字，让船家也挂到桅杆上去。

这边官船上的人见郑板桥的小船上挂了这么一面旗帜，一个个都笑得直不起腰。姚有财说：“别人被革了职恨不得挖个地道走，这人倒是个厚脸皮的。”说完还让下人把小船上的人请过来,看看到底长什么样。

郑板桥上了官船,不卑不亢地做了自我介绍。姚有财一听是大名鼎鼎的郑板桥,赶忙向他索要字画。郑板桥也不推辞,略一思索便在纸上写道:

有钱难买竹一根,财多不得兰花盆。
缺枝少叶没多笋,德少休要充斯文。

诗中的轻蔑之意很明显,就算姚有财再不读书也知道那都是损他的话。更要命的是,诗的每句首字连起来是“有财缺德”,这是提着名字骂他呢。姚有财听旁边的人这么一讲解,当场便气得晕了过去。

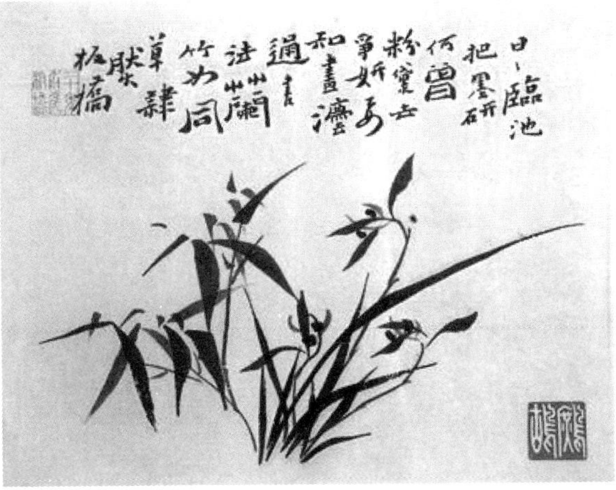

郑板桥兰竹图

郑板桥为官正直清廉,人们都说“三年清知县,十万雪花银”,可郑板桥离任时只带走了一条跟随自己多年的黄狗和一盆兰花,回乡后在老家盖了几间茅庐,以卖书画为生。

一天晚上,天冷难耐,月黑风高,郑板桥在床上辗转反侧,难以入眠。正在这时,窗户被人轻轻地推开了,一个黑影身手敏捷地钻了进来。郑板桥吓了一身冷汗,心想:难道是自己做官得罪了什么人,杀手追到这里来了?他想高声呼救,又怕救援的人还没到贼人就狗急跳墙先结果了自己的性命。不如先等等看,到时候再伺机应对。

这边,郑板桥身子绷得紧紧的,做着激烈的思想斗争,那厮已经开始熟练地翻箱倒柜。原来是个偷东西的小贼,郑板桥松了一口气。小贼翻完了柜子,正往床这边来,郑板桥翻了个身,低声吟道:

细雨蒙蒙夜沉沉,梁上君子进我门。

小贼心中大惊,暗道“不好”,想要翻身出去,可忙到现在一文钱都没有找到，心里又有些不甘心。正当小贼矛盾踌躇的时候，听到床上的人又吟道：

腹内诗书有千卷，床头金银无半文。

小贼一听，原来是个穷书生，只得作罢，支开窗户翻身跳了出去。听见屋里传来一句：

出门休惊黄尾犬。

小贼闻诗点头，门口有恶犬，那我翻墙走好了。正欲上墙，又急急传来一句：

越墙莫损兰花盆。

小贼留神一看，墙头果然摆着一盆兰花，既然主人如此心爱，就细心避开罢了。脚尖刚着地，又听得屋里吟道：

天寒不及披衣送，趁着月色赶豪门。

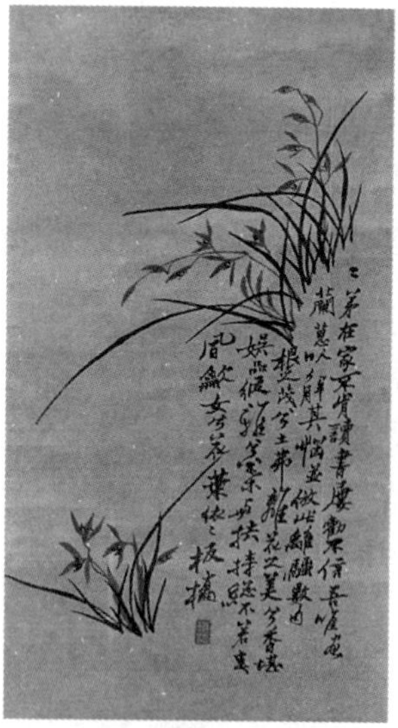

兰花图（郑板桥绘）

小贼心想，这倒是个有趣的人，这趟也不算白来。就这样，郑板桥用几句诗便打发小贼心情愉快地空着手走了。

郑板桥年少时家道中落，只能靠卖书画养活自己。他所画的兰竹体貌疏朗，水墨淋漓，书法也独树一帜，不泥古法，但是大家对他的书画嗤之以鼻，不以为然。自从他中了进士当过官以后，虽然自认为还是“二十年前旧板桥”，但是他的作品却突然间受到重视和珍赏，一夜间身价暴涨。晚年辞官归隐以后，前来慕名求画的人络绎不绝。

郑板桥刚被罢官回家的时候，他的朋友书民来访。郑板桥嘴里叫着二哥热情地迎了出去，但是二哥并不是来安慰旧友，而是向板桥索画，声色俱厉、态度蛮横，如同催租讨债的酷吏村霸。这种情景让郑板桥想起了唐代李涉。

李涉是唐太宗时代的太学博士，当年他乘船经过安徽行抵桐江之上，遇上了一伙劫匪。当劫匪得知船上搭载的是大诗人李涉时，突然雅兴大发，不要钱而索诗。李涉写诗讽刺道："细雨微风江上春，绿林豪客夜知闻。相逢不必相回避，世上于今半是君。"如今昔日旧友为了几幅画化身豺狼虎豹、绿林豪客，真是令人啼笑皆非。他无奈地提起笔，为这位不速之客画了几幅竹兰，在旁边题道：

细雨微风江上村，绿林豪客暮敲门。
相逢不必相回避，翠竹芝兰画几盆。

第二年，郑板桥搬到了南屏山下的一个小村子里，本想在江潮湖柳中消除俗虑，远离纷扰，可是那些纠缠者居然也跟了来，攀交情、送礼物、请酒席，目的都是为了向郑板桥索要墨宝。郑板桥琢磨这样下去不是办法，可是碍于情面，一些熟人又不好直接拒绝，只好愁容满面地别着酒葫芦打上二两白酒借酒消愁。

村镇上酒馆、杂货铺子的顾客多是十里八村的乡亲，偶尔手里不方便，在店里赊账白拿也是常有的事。郑板桥刚踏进酒馆，正碰上无赖王二嬉皮笑脸地跟店家搭讪。店主知道他又想赖账，抬手指了指身后的牌子，上面写着"小店概不赊账"。王二一看没戏，只好老老实实地把酒钱付了。郑板桥脑中机灵一闪，回到家里，他铺纸研墨，写明各种书画作品的详细价格："大幅六两，中幅四两，小幅二两，书条、对联一两，扇子斗方五钱。凡送礼物、食物总不如白银为妙。公之所送，未必弟子所好也。送现银则心中喜乐，书画皆佳。礼物既属纠缠，赊欠尤为赖账。年老神倦，不能陪诸君子作无益语言也。"后面还附了这样一首诗：

画竹多余买竹钱，纸高六尺价三千。
任渠话旧论交接，只当清风过耳边。

写完后，郑板桥得意地吹了吹未干的墨迹，命家人贴在家里接待客人的厅堂上最显眼的位置。率真的文辞，加上高价恫吓，从这之后，那些巧取豪夺、附庸风雅的纠缠者明显少了许多，郑板桥的生活也终于恢复了平静。

据《清稗类抄》记载，郑板桥家庭贫困，早年曾在私塾里教书。正如蒲松龄所说，“家有三斗粮，不当孩儿王”。家庭教师过的是寄人篱下的生活，既要照顾家长的要求，又要笼络学生，顾虑到对他们学业的影响，而且常年禁锢在一村一院。郑板桥性格狂放不受约束，又爱好游历，沉迷山水之乐，这样呆板不自由又不受人尊重的生活对他来说简直是折磨。所以他在获取功名之后，回想起这段教书生活专门写了一首诗自嘲：

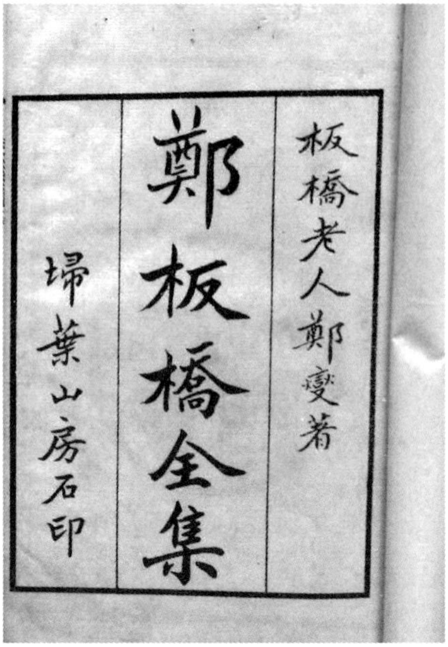

《郑板桥全集》书影

教书原来是下流，傍人门户过春秋。
半饥半饱清闲客，无锁无枷自在囚。
课少父兄嫌懒惰，课多子弟结怨仇。
而今幸作青云客，遮却当年一半羞。

郑板桥虽然自己羞为塾师，但他对自己的老师却十分尊敬。郑板桥的老师是位心胸开阔、循循善诱的老先生。郑板桥性子爽直，经常当面反驳他，他也不以为忤，要是郑板桥说得有理，他还会大加赞赏。

一次，郑板桥的老师带着学生们去野外郊游，路过一座小桥，桥下水面上漂浮着一具女尸。其余的学生都吓得连连后退，只有郑板桥跟着先生站在桥上细看。从发式衣着来看，应该是个未出阁的少女，看这女子如此娇弱，大概是过桥时不小心跌下去的吧。可怜她正是青春年少的好年纪，三魂六魄却已随波浪翻转而去，师生俩心中各有一番叹息。老师开口吟道：

二八女多娇，风吹落小桥。
三魂随浪转，六魄泛波涛。

郑板桥听了老师的诗觉得有问题，拱手问道：“老师怎么知道这女子是十六岁？又怎么知道她是被风吹落水中？她的三魂六魄‘随浪转’‘泛波涛’又从何得知呢？”

老师被问得瞠目结舌，一时也答不上来，反问道：“照你的意思，这诗该怎么作？”

郑板桥不慌不忙地说：“是否可改成‘谁家女多娇？何故落小桥？青丝随浪转，粉面泛波涛。’”

这两首诗看似区别不大，但是郑板桥所作明显比第一首严谨准确。老师略一琢磨，不由得抚手称赞：“改得好！改得好！学生大有长进，真是‘青出于蓝而胜于蓝’！”

在老师的辛勤培育下，郑板桥的学问有了很大的进步。成名之后，他专门画了一幅竹子送给老师，用竹子比喻老师的高风亮节。画旁题了一首《咏竹诗》，感激老师对自己的栽培之恩。诗曰：

新竹高于旧竹枝，全凭老干为扶持。
明年更有新生者，十丈龙孙绕凤池。

郑板桥画作

郑板桥出生于江苏兴化东门外古板桥畔的郑家。郑家原是书香门第，但传到郑板桥的父亲郑之本时已经家道中落。郑板桥的生母汪氏体弱多病，在郑板桥三岁的时候便撒手西去。没过多久，郑之本续娶了郝氏。生母去世的打击让郑板桥很难接受郝氏，在之后的岁月里，真正给予他无私母爱并与他朝夕相伴的是他的乳母费氏，所以他与乳母的感情极为深厚。

费氏是一个心地善良的中年妇女。她原是郑板桥祖母蔡太夫人的侍婢，汪氏去世后，费氏就肩负起照顾祖孙俩的重任。费氏家中有五六口人，全靠她和丈夫做帮工养活。汪氏去世那一年，江苏一带遭遇水灾，郑之本收的学生越来越少，各家送来的束脩大不如从前。郑家连基本的三餐都保证不了，更不用说支付用人工资了。郑之本向费氏说明了家里的情况，劝她另谋出路。费氏看着年迈的蔡太夫人和拖着鼻涕的郑板桥，如何也狠不下这个心来。郑之本整日沉浸在书本的世界里，除了读书教学，旁的事一概不上心，她若撒手不管了，这一老一小可怎么活！可是自己一家人也需要养活，再三思量后，她还是另找了一份工作，一边在别家做工，一边义务地照顾郑家老小。每天早晨，费氏先到郑家帮年幼的板桥梳洗穿衣，把他背到兴化集市上，用一文铜钱买块烧饼放到他那脏兮兮的小手上，嘱咐他沿着来路走回去，然后她再去别人家做活挣钱，维持自己家里的开销。晚上下工后，费氏也先回郑家把祖孙俩的晚饭做好，然后赶回家去给自己的丈夫儿子做饭。在这段艰难的日子里，乳母费氏是祖母和板桥的生活支柱。

康熙三十九年，兴化再次遭遇严重的洪涝灾害，费氏一家实在支撑不下去了，准备举家迁往外地谋生。费氏没有把这个消息告诉郑板桥。临行前几日，她干活更勤快了，春夏秋冬的衣服几乎洗了个遍，晾干之后又把磨破的地方仔仔细细地缝好，买来几十捆柴火，整整齐齐地堆在灶边，摆在厨房和院里的水缸也都挑满了水。终于在一天早晨，郑板桥像往常一样等着乳母来带着他去买饼，乳母却再也没有出现。数年之后，兴化的灾荒过去了，像往常一样，费氏一家才重返家乡。费氏回来之后未进自己家门就先跑到郑家。郑板桥看到乳母就一头扑到她怀里，再也不肯撒手。

又过了两年，费氏的大儿子做了一个八品的小官，来郑家接她回去享福。费氏不肯回家，坚决要留在郑家照顾板桥。板桥考中进士时，费氏比自己亲儿子做官还要高兴，逢人便要夸耀一番。板桥仕途不顺，每次他落魄归来，费氏总是在一旁嘘寒问暖，给他鼓励。费氏对板桥视如己出，付出了比自己亲生骨肉更多的心血。郑板桥也把她看作亲生母亲一般，后来去外地任职也一直把费氏带在身边孝敬，直到费氏七十六岁离世。

费氏辞世后，郑板桥为她写了一副情真意切的挽联，深切悼念这位对自己影响至深的乳母：

一饭尚铭恩，况保抱提携，只少怀胎十月；
千金难报恩，论人情物理，也应泣血三年。

还有一首《乳母诗》：

平生所负恩，不独一乳母。
长恨富贵迟，遂令惭恧久。
黄泉路迂阔，白发人老丑。

食禄千万钟，不如饼在手。

在中国历史上，同性恋现象很早就出现了，《韩非子·说难》中卫灵公与弥子瑕的余桃之爱，《战国策》中魏国国王的龙阳之好，《汉书》中哀帝的断袖之癖。到了唐宋，同性恋趋于式微，至明清两代再度蔚然。清代同性恋风气的盛行与满族人喜爱男风有关，也与汉人喜爱昆剧、京剧不无联系。乾隆的男宠就是一个名叫王紫稼的著名昆剧名伶。王紫稼“妖艳绝世，举国趋之若狂”，时人有诗云“五陵侠少豪华子，甘心欲为王郎死”。郑板桥喜爱男风在当时也是人尽皆知，在范县做官时，他曾与一名部下有余桃之爱。

郑板桥在《板桥自叙》中大方承认自己的同性恋身份：“酷嗜山水，又好色，尤多余桃口齿及椒风弄儿之戏。然自知老丑，此辈利吾金币来耳。有一言干预外政，即斥之去。”

写《板桥自叙》时，郑板桥已经五十七岁了，彼时的他正在潍县做县令，虽是头发半白的将暮老翁，身边却还有一群美少年投怀送抱。郑板桥自知年老貌丑，身边的这些男宠都是为了他的金币而来，他也只把他们当玩物艺妓一样养着。真正让郑板桥牵念的只有一人。此人名叫王凤，是郑板桥在范县做官时的故仆。王凤虽然出身低微，但是音容兼美，聪慧有才，与郑板桥关系极好。郑板桥原本打算罢官后与他共同隐居，不料王凤英年早亡。郑板桥十分伤心，为他写了一首《赠裙郎》回忆两人的缱绻岁月：

韵远情亲，眉梢有话，舌底生春。把酒相偎，劝还复劝，温又重温。柳条江上鲜新，有何限莺儿唤人。莺自多情，燕还多态，我自卿卿。

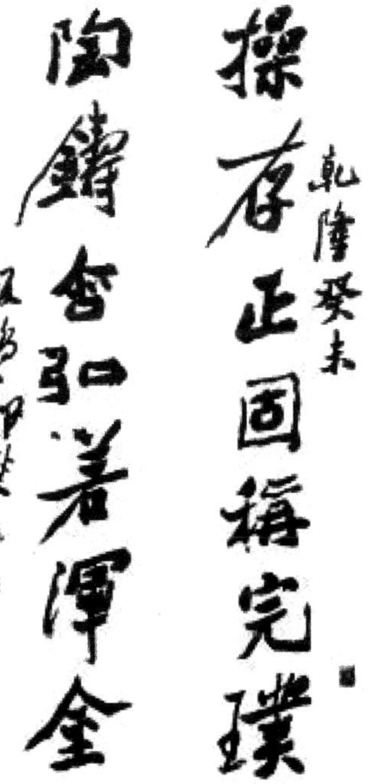

郑板桥书法

郑板桥是个长情的人，王凤死后，他一直随身带着王凤生前抄书用的印章，有空的时候就拿出来摩挲怀念一番。有一次，郑板桥外出办公回来，在轿中把玩着印章打发时间。过了一会儿，他伸手撩起轿门，向轿前扛仪仗开路的皂隶问了句“何时到府”。一个身形柔弱的小皂隶扭过头来回话，那张酷似王凤的白皙脸庞就这样映入了他的眼中。小皂隶说的什么郑板桥一句也没听进去，只觉得那张脸在眼前无限放大，晃来晃去，最后与王凤的脸重合，仿佛王凤还陪在他身边，陪他谈话解闷，品茶论诗。

回府后，郑板桥迫不及待地把回话的小皂隶叫到跟前来仔细打量。那种温婉的笑容，伶俐的话语，略显纤瘦的身材都与王凤有八分相似。郑板桥欣喜难耐，坚持要把他留在身边以慰相思之苦。但是初遇乍见的激动心情平复后他还是清醒了过来，这个聪慧稚气的少年身上根本没有王凤那样细腻的情思、平和的书卷气以及笔墨上的才华，只是样貌相似而已。清醒之后，他又陷入更深的思念之中，在一首题为《县中小皂隶，有似故仆王凤者，每见之黯然》诗中写道：

喝道前行忽掉头，风情疑似旧从游。
问渠了得三生恨，细雨空斋好说愁。
口辅依然性亦温，差他吮笔墨花痕。
可怜三载浑无梦，今日舆前远近魂。
小印青田寸许长，抄书留得旧文章。
纵然面上三分似，岂有胸中百卷藏。
乍见心惊意便亲，高飞远鹤来依人。
楚王幽梦年年断，错把衣冠认旧臣。

才高涌出笔花春，韵自天然句自新

——风流班首袁子才

乾隆朝大才子袁枚字子才，小字瑞官，号简斋，世称随园先生。他出生在浙江杭州的一个没落贵族家庭，高祖袁怀梅是崇祯朝御史大夫，从祖父袁锜开始，袁家逐渐没落。袁枚的父亲袁滨一生不得志，为谋生计常年游走四方，叔父袁鸿客居广西，寄食别门。还好袁枚从小便聪慧异常，酷爱读书，他十二岁就考中了秀才，十四岁写《郭巨埋儿论》《高帝论》，论帝王治国得失，做千古翻案文章，被人称为“神童”。袁家振兴总算是有了希望。

袁枚

袁枚不喜欢死读书，他更渴望外出壮游，闯荡世界，如同羽翼渐丰的苍鹰振翅翱翔于万里云天，骨骼健壮的骏马扬蹄奔驰于千顷草原。可眼下父亲年迈归乡，母亲两鬓霜白，家中维持三餐已无余力，哪忍心再增加他们的负担。袁枚向同乡秀才借了几两银子做路费，踏上了去往广西的寻亲旅程。

袁枚一路上风餐露宿外加靠人接济终于到达桂林，找到了他的叔父袁鸿。袁鸿在广西巡抚金鉷手下做幕僚，由于才干有限，在府中不受重用，想要帮袁枚也是有心无力。金鉷新得了一面东汉铜鼓，邀请他的幕僚们前来观赏作文。袁枚代替病重的叔父赴宴。他绕着铜鼓走了一圈，略一思索，挥笔写下了一篇千余字的《铜鼓赋》，文辞瑰丽，字字珠玑。金鉷读后拊掌大赞：“才高八斗，真乃子建在世也！”遂将袁枚引为座上宾。得知袁枚有北上之意，金鉷亲手写了举荐信，赠送路费盘缠，支持袁枚去京城参加博学鸿辞科考试。

袁枚自小聪慧富有才华，一直是被人称赞的对象，此次进京赶考更是抱着必中的信心。来参加博学鸿辞考试的都是各省举荐上来的拔尖人才，年轻的袁枚落选了。应试落选对袁枚来说不仅在精神上受到了沉重的打击，而且面临着经济上的困境。金鉷所赠的银两早已在赶考途中消耗殆尽。没有返乡的路费，只能在京师找点活做。眼下他连落脚的地方都没有，接连几天都在城外的破庙里寄居。就在袁枚走投无路的时候，同乡高景藩收留了他，举荐他去刑部郎中王琬家做家庭教师。不久王琬奉命改迁江苏兴化，袁枚又辗转流落到赵贵朴家中闲居。

赵贵朴也是一个落魄书生，两人同病相怜，相互鼓励，每天读书论诗，偶尔也外出散心。一日午后，袁枚步出朝阳门，沿着护城河向南，来到一座土丘前。此处是京城有名的景点之一，名曰“金台夕照”。“金台”又叫“千金台”，相传为战国燕昭王所筑。燕昭王原为燕王哙的太子。后来燕王哙被齐宣王所杀，燕昭王继位后招贤纳士为父报仇，于易水河畔垒筑高台，置千金于台上，名曰黄金台。不久招来了乐毅、剧辛等贤才，大创齐国。真正的金台远在河北，北京的这个金台并不是真的，但还是有很多文人骚客、落拓失意之人在这里吊古伤今，写诗感怀，遗憾自己没有遇到燕昭王那样的明主。

金台夕照

暮色渐起，游人散尽，天地一片苍茫空旷。袁枚站在金台土埠之上，向家乡的方向眺望。想起年幼时母亲抚养自己的艰辛，自己一路求学奔波的酸楚，恩人金鉷对自己的殷切期望，一时心潮起伏，百感交集，忽而愤懑应试失利，忽而伤感今日落魄，恨不能大哭一场。长吁短叹了一番之后，袁枚吟咏道：

东海泱泱大风猛，燕王积怨何时逞。
筑台愿招英雄人，黄金之高与天等。
台未筑时如无人，台既筑时人纷纷。
不知公等竟安在，剧辛乐毅来成群。
残兵一队山东走，顷刻齐亡如反手。
回问当年豪举心，果然值得黄金否？

于今蔓草萦台绿，千年壮士寻台哭。
为道昭王今便存，不报仇时台不筑。

袁枚思想开放，好做翻案文章，这首诗中借故寓今之意新颖大胆。诗中虽然肯定了燕昭王筑黄金台招揽天下贤士，最后战胜齐国报仇雪恨，成为一位有为明君，但全诗都郁勃着一股悲凉之气和愤懑之情。袁枚对历代君王的豪举之心是否具有“黄金”的价值表示怀疑，因为他们“不报仇时台不筑”。“千年壮士寻台哭”则感叹自己才华无处施展，英雄无用武之地。这是袁枚人生的最低潮，还好他并没有一直消沉下去。在两年后的顺天乡试中，袁枚旗开得胜，一举成名。

乾隆三年，袁枚时来运转。他先在顺天乡试中小露锋芒。时隔半年，袁枚参加会试再次高中。最后在参加保和殿殿试时，由于文笔犀利，言辞大胆，一群思想保守的考官认为他非辅国弼民之才，不予录取。时任刑部尚书的尹继善力排众议，极力保举，袁枚又得以顺利过关，名列二甲。

尹继善对袁枚有恩，袁枚一直把他当作自己的老师、知己。后来袁枚调到江宁做官，此时尹继善正在江南做总督，两人相距甚近，经常小聚唱和。当年袁枚在广西即席作赋，有“在世曹植”之称，正好尹继善也才思敏捷、落笔如风。袁枚每有新作寄来，尹继善立马和上一首派人飞马传回，袁枚再和再回，直到有一人举手投降为止。两人棋逢对手互不相让，经常以此为戏，玩得不亦乐乎。

袁枚书法

乾隆十二年除夕夜，时已三更。袁枚突发奇想，挥笔写了一首诗，派人快马加鞭送往总督府。诗曰：

知公得句便传笺，倚马才高不让先。
今日教公输一着，新诗和到是明年。

此诗送到已是子夜时分，尹继善即便是神速，和诗送来也是新年初一，可不就是明年了。尹继善读诗大笑，连呼：“袁才子狡黠也！”

尹继善为人风流，妻妾颇多。袁枚生性幽默，喜欢调侃。虽说是师徒之名，但两人交往多年，关系亲密无间。有一次，尹继善半夜睡不着觉，披着衣服到庭院里赏月，吟得一首《夜中望月》，甚为得意，派人趁着月色送到袁枚府上。袁枚早已经睡下了，下人来报，说总督府里送来一封信。袁枚看了之后，连忙披衣下床，在房里踱来踱去，竟再也想不出能压过尹诗的妙句。妻子王氏劝慰道："既然想不出好的，不如搁下歇息吧，明个儿再想不迟。"袁枚听了妻子的话突受启发，心想：尹大人家中娇妻美妾成群，半夜还在作诗，岂不辜负了美人？既然我写月亮比不过他，不如借此调侃一番。于是提笔回道：

才高涌出笔花春，韵自天然句自新。
吟至夜深公自爱，后堂恐有未眠人。

乾隆朝另外一位幽默的大才子纪晓岚也写过"今日门生头着地，昨宵师母脚朝天"的诗调侃老师，不过与袁枚的这首一比就显得不登大雅之堂。袁诗赞扬尹继善才高八斗、诗句清新，却以后堂妻妾深夜不眠，焦急等待丈夫共枕的角度来表现，极尽戏谑之意，又含蓄文雅不落俗套。

袁枚同他的老师尹继善一样生性风流，爱好美色。他的冶游生涯始于庶吉士时期甚至更早。中年以后，尽管家中群雌粥粥仍然不绝北里之游。而且他喜欢妓女并非都为贪图肉欲之欢，眉目传情、调笑亲近也能让他感觉十分快慰。

秦淮歌女

乾隆十四年，袁枚与一群友人在秦淮河南岸横塘的一条花船上左拥右抱、开怀畅饮。这时，一条装扮素雅的花船也划了过来，与袁枚所坐的船并排停在了岸边。花船内坐着一位年轻的女子，从梳妆打扮来看应该是个"踏摇娘"。此女貌若天仙，冷艳端庄。因为是歌女，卖艺不卖身，比起他们身边这些操皮肉买卖的妓女矜持很多。船上的友人隔窗与她搭讪，知道她叫金蕊仙。听她谈吐文雅，似乎颇通文墨，并非浅俗之辈。大家有心结识，竭力招她过来侍饮，又赠了她许多缠头。金蕊仙始终微笑摇头，不肯下船。

袁枚看她不为金银所动，又喜好文墨，就对她说："娘子既然不喜欢金银这些俗物，在下厚颜赠诗一首，说与娘子听可好？"蕊仙微笑颔首。袁枚以筷击杯，随口吟诵：

横塘宵泛酒如淮，十里桃花四面开。
只恨锦帆竿上月，夜深不肯下仓来。

袁枚将金蕊仙比作天上皎洁美好的月亮，果然逗得美人心花怒放。金蕊仙扑哧一笑，称赞道："有趣，有味！"

袁枚听了美人的夸奖得意瞟了众友人一眼，仰首将杯中酒饮尽。待他饮罢扭头再看船窗时，美人不见了踪影。不一会儿，金蕊仙已经笑脸盈盈地拿着一把折扇走进船来。

金蕊仙进船向各位施了礼，坐到袁枚身边，请他将刚才那首诗题到折扇上。袁枚独得美人青睐，心中受用得不行，脸上却故作难色道："老夫题字须得佳人磨墨。"蕊仙立刻含笑挽起袖子。友人调侃道："人都说酒为色媒人，先生以诗为色媒人，可谓巧于引诱。夜色渐深，先生引诱佳人入舱，岂非作奸犯科，太肆无忌惮了吗？"袁枚听罢毫不介意地开怀大笑，金蕊仙羞得脸色绯红。

大家饮酒唱曲，舞墨弄文，一直闹到两更。袁枚起头说要散席，众人都以为他迫不及待地想要与美人共度良宵，纷纷揶揄起哄说将船舱留与他们。袁枚却站起身来，亲自将蕊仙送回到原来的船上。众人戏谑袁枚徒费笔墨，未得肌肤之亲，实在得不偿失。袁枚笑道："你等须知，今夜艳遇乃真风流也，非皮肉之淫可比。"此后，友人们一遇见袁枚与美人谈诗论词，便啧啧起哄道："先生真风流也！"

古代社会认为"女子无才便是德"，袁枚却不以为然。"俗称女子不宜为诗，此言甚是荒唐！孔子编诗三百，以《关雎》《葛覃》《卷耳》为首，这些都是女子之诗。只是如今女子在女工之余无暇弄笔墨，又无人唱和表彰，所以许多才人湮没无闻，令人惋惜。"他以身作则，广收女弟子。在袁枚之前，李赘和毛西河也收过女弟子，但都是偶尔为之，向袁枚这样，女弟子多达三四十人的却是前无古人后无来者。

袁枚开始招收女弟子是从孙云凤开始。袁枚与孙云凤的曾祖父孙陈典在乡试时结识，两家算是世交。孙云凤与妹妹云鹤都天资聪慧，擅长作诗。两人早就听闻袁枚盛名，读过《小仓山房诗集》后更加钦佩不已。乾隆五十五年，袁枚回杭州扫墓，借住在云凤父亲孙嘉乐的宝石山庄。此时的袁枚被封诗坛盟主，声名正劲，虽然已经七十五岁高龄，但是背不驼，耳不聋，鹤发童颜，银须飘胸，一双眸子闪烁着睿智的光彩。两姐妹恭敬地呈上自己的诗作，说明想要拜师之意。袁枚当场便爽快地收下了这两位女弟子。

孙云凤拜师成功后心情久久难以平复。她急于与人分享内心的喜悦，便将此事告诉了诗会里的女友们。才女们得讯后也都怦然心动，纷纷表示想要拜袁枚为师，让孙云凤代为引荐。孙云凤将女友们的意愿转达给袁枚。袁枚知悉自己如此受才女们欢迎十分高兴，与云凤商定四月十三在宝石山庄同才女们聚会。

袁枚像

到了聚会的这天，才女们早早地赶到宝石山庄。宝石山庄毗邻西湖，正值暮春时节，湖畔春花凋谢殆尽，落英缤纷，柳絮漫天飞扬。在依湖而建的小楼里，她们一边聊天，一边等候随园先生。平时难得出门聚会的才女们有着说不完的知心话，不时发出阵阵清脆的笑声。大约等了半个时辰，楼下甬道上，孙云凤陪伴着袁枚缓缓走来。袁枚手不扶杖，头戴一顶毡帽，遮住如霜白发，身穿一袭新长衫，更显得精神焕发，脚步虽不快，但是稳健有力。云凤在旁想要搀扶，被袁枚轻轻推开了。在一众才女面前，他自然不肯显露半点老态。

才女们兴奋地簇拥着下楼迎接，纷纷向他施礼问安。袁枚顿时觉得一阵阵脂粉香气扑面而来，眼前一片花团锦簇，五彩斑斓。仔细一看，见才女们个个都精心装扮而来，艳丽衣裙，琳琅首饰，风姿绰约，仪态万千。年龄小

孙氏姐妹

的约莫刚及笄，大一点的也不过二十来岁，或显大家闺秀的文雅气质，或是小家碧玉的书卷气息，连同孙家姐妹，大概有一二十人。被这么一群美女环绕，袁枚真是心花怒放，但面上还是很矜持，点头致意后被众星拱月般地拥到楼上。

袁枚做东，在楼上置办了一桌酒席，众人按照辈分依次入座。袁枚坐在主位，两侧有云凤、云鹤陪伴。大家见他慈祥和蔼、爽朗热情，拘谨的心情很快就消失了，心里琢磨着如何向袁枚表达自己仰慕已久、希望拜入师门的心意。

徐裕馨率先站起来向袁枚敬酒。此女是文穆公徐本相国的孙女，自幼聪慧好学，能诗善画，年方及笄，性格天真烂漫，无所顾忌。她举杯向袁枚祝酒道："久闻先生大名，原以为此生无缘拜见，今日竟亲睹夫子风采，仿佛做梦一般。小女子别无他求，只望不嫌愚笨，收纳门下。今奉上诗画习作，望先生斧正。再敬先生美酒一杯，祝先生贵体康健！"说完仰头饮尽杯中美酒，呈上带来的诗画作品，然后行大礼跪拜席前。袁枚连忙站起离席，双手扶起道："折杀老夫也！能得如此才女为门生，乃老夫之幸事。"其他才女见徐裕馨打了头炮，也都纷纷离席，举着自己的诗稿画作，请求收纳门下。袁枚耳边一片莺声燕语，顿觉头昏脑涨，招架不住，连连挥手道："请各位女士少安毋躁，逐个道来！"云凤、云鹤亦帮忙劝说，才女们才恢复了理智，从座位据袁枚近者开始，逐个向袁枚献诗画、敬酒、行弟子之礼。

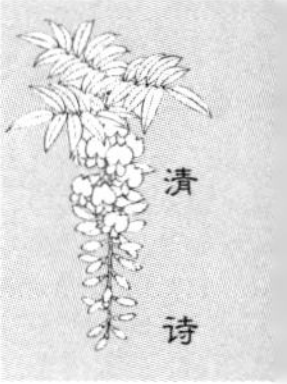

第二位行礼的是张秉彝，她的父亲张静山与袁枚是总角之交，按辈分来说，还要叫袁枚一声伯父。接着是汪妽、汪妽等人，最后执弟子礼的是钱琳。钱琳的父亲钱琪也是袁枚的老友，现卧病故乡杭州。袁枚看到老友的幼女就想起前不久探望钱琪时他那病重的面容，钱琪怕是难挨到夏天了。想到自己又将失去一位好友，袁枚的眼睛不由得湿润起来，对钱琳也充满怜爱，特意送给她香袋粉扑之物以示关心。

才女拜师礼结束，袁枚已喝得半醉，满面红光，更加显得精神矍铄，兴致高昂。有人提议说："我们在这儿枯坐无甚意思，不如玩个击鼓传花的游戏，中者须当场赋诗，以显诸位聪慧才情，亦不负今日诗会之名。"众才女早想一露诗才博得老师青睐，自然双手赞成。云凤转身命侍女取来鼓与花，亲自执鼓槌。鼓点忽而密不透风，忽而疏可走马。一枝鲜花在纤纤玉手之间飞快传递。众人都有显才之意，但是没有人愿意先出头，一接到花宛如热炭在手，赶紧传给下一个人。鼓声一停，花正好落在钱琳怀中，众人拍手大笑。钱琳有些扭捏，粉面羞红，站起来说道："方才受了先生的礼物，我便吟一首《谢简斋先生赐物》。"凝神思索了片刻，轻声吟咏起来：

愧无黄绢句，却受紫罗囊。
解识先生意，敢留一瓣香。

袁枚微笑点评说：“即事赋诗，言浅意深，老夫亦解弟子意。”其他才女也拍手称好。鼓声再次响起，新一轮的传花又开始了。当花传到张秉彝怀里时已经转了两圈，约莫鼓声也快停了。张秉彝有意耽搁了一下，花就停在她的手中。刚才钱琳开了头，她也诗兴大发，想与钱琳一争高低。只见她用手轻抚发鬓，又整了整衣裙，大大方方地站了起来。众人见她沉默不语以为她卡了壳，都暗自替她着急，袁枚也用眼神表示鼓励。吊足了大家的胃口，张秉彝才开口道：“今蒙随园先生召集湖楼，真是三生有幸，感激之情无以言表。姑且吟五言排律一首，敬献先生。”

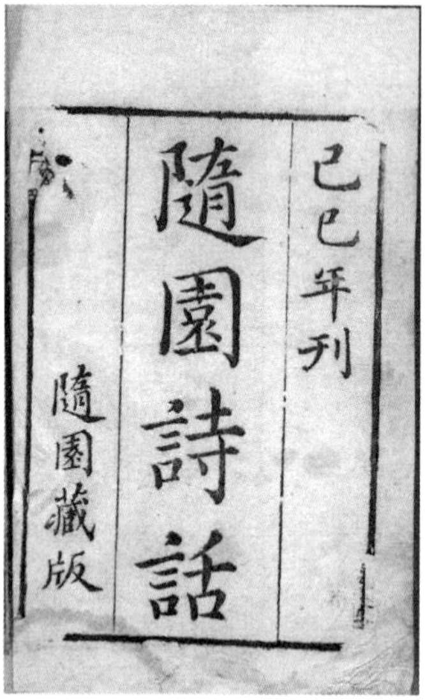

《随园诗话》书影

夫子声明盛，文章老更忙。
公卿争款洽，桃李走门墙。
奇字相从问，轻帆及晓扬。
花光明晓露，翠柳媚晴光。
湖水涵天远，萍丝引序长。
春风来小住，绛帐喜随行。
父执颜初识，儿曹鬓已霜。
怀恩兼感旧，绕尽九回肠。

“公卿争款洽，桃李走门墙”一句将袁枚在诗坛上的地位和影响力恭维得恰到好处。“父执颜初识，儿曹鬓已霜”又强调了父辈的交情。整首诗对仗工整，且片刻吟成，才情确实卓异。袁枚为老友张静山有这样一个优秀的女儿感到骄傲，不禁喝彩道：“诗句清新可诵，一片性灵，难得难得！”众才女也纷纷附和。

待闺秀们都各自吟了诗，早已时过中午。袁枚脸露倦态，众人也都尽了兴，准备宣布散席。汪妕站起来说道：“今日我等亲聆先生教诲，又承先生不弃收为弟子，真是门楣生光。如此大好日子，先生怎能无诗？故斗胆请先生吟诗一首，纪念今日我们师生同饮，日后也好成一段佳话。”众女子齐声叫好。

袁枚看这架势，若是无诗，女弟子们怕是不会善罢甘休，于是微笑道：“老夫担着虚名，蒙诸位厚爱，今日得结师生之情，此乃我等缘分，更是老夫福分。诸位诗画日后必定细细拜读，当选佳者编入诗话加以表彰。今日且胡诌一首，聊表老夫心意。”

红妆也爱鲁灵光，问字争来宝石庄。
压倒桃李三千树，星娥月姊在门墙。

袁枚在诗中大捧自己的红妆弟子，认为她们可以压倒孔子的三千桃李。才女们听了之后欢呼雀跃，这才心满意足地告辞了。湖楼诗会之后，越来越多的才女拜入袁枚门下，后来随园的女弟子成为吴越最主要的女子创作群体和袁枚性灵派的重要创作力量。

袁枚四十七岁时家中一妻四妾，膝下却无一子。一位姓胡的相士预言他六十三岁得子，七十六岁寿终。袁枚从不信鬼神风水之说，对胡相士的话并未放在心上。乾隆四十二年，六十二岁的袁枚再纳钟姬为妾，次年得一子。这一年袁枚六十三岁，正应了相士“六十三岁得子”之言。袁枚还是不信，觉得相士侥幸猜中，无甚根据。但是湖楼诗会后，一向身体健康的袁枚回到随园便患上了暑痢，上吐下泻，苦不堪言，一直拖到秋季还未见好转。这一年他正好七十五，于是就对妻子王氏说：“三十年前相士胡文秉说我会在七十六岁寿终，看来快应验了！”

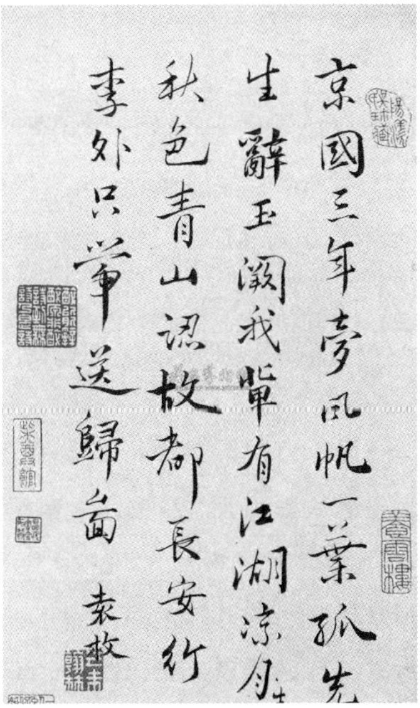
袁枚书法

自从中年辞官后，袁枚凭借自己的经济头脑日子过得富足而惬意。他家中有良田美姬，遍地红颜知己，位居诗坛盟主，晚年又

收了一帮美貌的女弟子。这一生该享的福都享尽了，没有什么遗憾。所以即使知道自己大限将至，他依然从容淡定，病重还不忘黑色幽默一把。昔日陶渊明作自祭文被人赞洒脱，袁枚仿效他作了一首自挽诗，并邀请诸位好友相和。活着的时候看看别人给自己写的生挽诗，这倒是人生一大趣事。

没过两天，袁枚的好友、弟子们都收到了这样一封信，信上写着：《腹疾久而不愈，作歌自挽，邀好我者同作焉，不拘体，不限韵》：

人生如客耳，有来必有去。
其来既无端，其去亦无故。
但其临走时，各有一条路。
或以三年淹，或以顷刻仆。
五仓逐渐空，危亡在朝暮。
因之将平生，历历自追溯。
弱冠登玉堂，早献《凌云赋》。
飞凫到江左，民吏俱无恶。
山居四十年，虚名海内布。
著书一尺高，梨枣俱交付。
逝者如斯夫，水流花不住。
但愿着翅飞，岂肯回头顾？
伟哉造化炉，洪钧大鼓铸。
我学不祥金，跃冶自号呼。
作速海风迎，仙龛陪白傅。
或游天外天，目睹所未睹。
勿再入轮回，依旧诗人作。

这首自挽诗句句彰显袁枚洒脱不羁的性格特征：人生如客，来去无端。知道自己大限将至，因此追溯自己生平。想我年少得志，中年隐居，名声遍布海内，著作也都刻板流传，心愿皆了。时间如流水，一去不可回。只愿生出一双翅膀翱翔于仙山灵境之中，游览凡间不曾见过的美景。袁枚在信的末尾一再叮嘱各位读后一定要写和诗寄回。朋友们都感到很为难，虽然袁枚在信中一再强调自己知道生命已走到尽头，可是他毕竟还在世，而且是拉肚子这样的小毛病，真的寄首挽诗过去，不是咒人快死吗？所以十天半个月过去了，没有一个人回信写和诗。袁枚竟着急起来，自言自语道："此时不回，更待何时？若等百年之后再寄我就看不到了！"于是又作诗催促：

久住人间去已迟，行期将近自家知。
老夫未肯空归去，处处敲门索挽诗。

诗中意思很明白，你们再不寄挽诗，老夫就要挨家挨户敲门去索要了。好家伙，这简直是"逼债"！又过了两天，果然就有十余首和诗寄回，袁枚大喜过望，一一拆封细读。只见赵翼回道：

生平花月最相关，此去应将结习删。
若见麻姑休背痒，恐防又谪到人间。

赵翼的这首不像挽诗，倒像调侃之作，可见他也未将袁枚将死之事当真，调笑劝他将好色的毛病改掉，省得将来到天上见了仙女失态，再被贬下凡来。女弟子孙云凤也写诗说：

小病先征挽句看，先生怀抱海天宽。
渊明歌与司空墓，旷达千秋鼎足观。

其他人也多是赞美宽慰之语，像"随园先生素达观，自作挽歌当自欢""谁似我公奇更甚，挽歌教当寿诗呈"。这段日子袁枚倒是过得很开心，每天都有和诗寄回，让他目不暇接。从生挽诗中，袁枚看到了友人对自己的推崇、不舍，也看到了他们对自己作挽诗表示理解欣赏，真是快慰之极，有趣之极，病情也似乎减轻了许多，没过多久竟然不药而愈。

病愈的袁枚还是不放心，老觉得自己的死期就在明年。趁着自己未归天之际，他赶紧整理书稿，作诗留念，把该办的事情都办妥了，然后开始整天吃饭睡觉混日子，等待着阎王召见。两年就这样过去了，照胡相士的说法，袁枚应该已经寿终正寝了，可他依旧安然无恙。相士后面的话竟然没有应验，袁枚连呼上当。但能多活几年毕竟是好事一件，想到朋友们还在牵挂自己的安危，他连忙作了一首《除夕告存戏作七绝句》寄给他们，开玩笑说："如何阎王竟失信，唱杀《阳关》马不行。"

诸位友人看到袁枚的告存诗皆大欢喜，又寄来了数十篇奉和寄赠。赵翼戏云：

> 割肉偷桃狡狯才，九阊都怕此人来。
> 故应天亦难安顿，才招巫阳又赦还。

谢启昆、奇丰额也写了"大家齐乞通明殿，莫驾红云上界行""天上迟迟招曼卿，因君后手不曾生"等诗句，夸赞袁枚在诗界的地位无人能及。一生挽，一告存，为袁枚添了许多赠诗。这些诗被他编入《续同人集》中，又是诗坛一段佳话。

乾隆朝三大名臣

清代二百六十年历史，尤以乾隆朝逸事最多，传闻最广，这给编剧们戏说历史留下了极大的想象空间和发挥余地。纪晓岚、和珅、刘墉这三位乾隆朝的名臣也成为近年来电视荧屏上经常出现的欢喜冤家。在传说故事和影视作品的演绎下，三人形象在人们心中逐步定型：纪晓岚英俊幽默、和珅卑鄙贪财、刘墉聪明正直。其艺术形象与历史事实是否相符，我们可以从三人留下的诗歌中试窥究竟。

只因觅食归来晚，误入羲之蓄墨池

——幽默学士纪晓岚

乾隆时期，有一位不得不提的大学士。他幽默机智，才华横溢，无论在正统史传中还是在民间故事里都饱受赞扬，拥有很好的口碑，他就是以总纂《四库全书》名满天下的纪晓岚。

纪晓岚

纪晓岚小时候就是个神童，有着超乎同龄人的智商和胆量，而且他很顽皮，不能安坐片刻，经常把家里闹得鸡飞狗跳。有一天，纪晓岚跟一群玩伴在街上踢球，一个地方官员坐着轿子从街上经过。街上的行人都纷纷回避给官员让道。纪晓岚和几个孩子正玩得尽兴，看见官人的轿子过来也不躲避，仍然嘻嘻嚷嚷地叫喊着进球。纪晓岚一抬脚把球踢进了官人的轿子里，然后就听见轿子里闷哼一声。小伙伴们一看周围全是衙役，一溜烟全跑走了，只有纪晓岚站着不动。过了一会，官员撩开轿帘，看见一个脏兮兮的小孩背着手煞有介事立在路中央。官员心中不觉好笑，想要逗逗他，就问他说："别人都跑了，你为什么不跑？不怕我把你抓回去吗？"

纪晓岚回答说："我等着拿回我的球。"

官员掂了掂手里的球说："你平白无故地拿球砸我，我凭什么还要把球还你？"

纪晓岚嘻嘻一笑，说："您是大人，怎么会与我们这些小人计较呢？"

官员一听，觉得这孩子挺聪明，居然知道给他下套，说："这样吧，我出个上联，你来对下联，若对得出来，我便将球还你；你要是对不出来或者对得不好，这球我就收下了，权当你的赔偿，怎么样？"纪晓岚满心欢喜地答应了。

只见官员摸着下巴沉思了片刻，说：“ 童子六七人唯汝狡。”

纪晓岚应声接道；“太守两千石数您——”

官员说：“怎么少了一个字呢？”

纪晓岚回答道：“您是想要‘廉’还是想要‘贪’呢？”

官员听后哈哈大笑，主动从轿子里走下来，把球还给了纪晓岚。

成年之后的纪晓岚幽默有才华，很得乾隆皇帝喜欢。乾隆将他提拔为侍读学士，每次出游都让他陪侍身边。在皇帝身边虽然有更多的升迁机会，但是伴君如伴虎，稍有不慎就会犯上得罪。好在纪晓岚足够机智，每次都能化险为夷，还哄得皇帝龙颜大悦。野史笔记中就记载了许多关于纪晓岚巧妙应对皇帝刁难的小故事。

某日，纪晓岚陪伴乾隆皇帝去圆明园踏青，乾隆皇帝有心要试试纪晓岚的才学，指着空中的白鹤，让他即兴赋诗。纪晓岚不加思索，脱口吟道：

万里长空一鹤飞，朱砂为顶雪为衣。

正要往下吟，皇帝说：“错了，那明明是一只黑鹤，怎么能说是‘朱砂为顶雪为衣’呢？”纪晓岚是近视眼，本来就看不清楚，既然皇帝说是黑色的那就是黑色的吧。于是转口吟道：

只因觅食归来晚，误入羲之蓄墨池。

这只鹤本来是白色的，因为外出觅食，归来时天色已暗，误把王羲之家的蓄墨池当成圆明园的湖泊，所以染成了黑色。

乾隆皇帝一听十分高兴，说：“卿真旷世奇才也！”

还有一次，乾隆皇帝突然召唤纪晓岚进宫，对他说：“朕今天很高兴，因为宫里添了一位新成员，特召你进宫赋诗志喜。”纪晓岚以为是哪位妃子生了皇子，立刻磕头恭贺皇上，并吟道：

我主今日得金龙，

乾隆皇帝笑着说：“爱卿误矣。”纪晓岚想：不是皇子，一定是公主了，急忙改口道：

月里嫦娥落九重。

乾隆皇帝知道纪晓岚误解了他的意思也不做解释，反而故做伤心状，说："可惜不能久留在身边，只能放在池塘里。"说罢看着纪晓岚，心想：看你纪晓岚能把马屁拍到哪里去。纪晓岚心里也犯嘀咕，刚出生的公主何等尊贵，怎会掉进池塘里呢？难道是皇帝在开玩笑？可他又不敢开口直问，于是只好硬着头皮说：

想必人间留不住，翻身跳进水晶宫。

乾隆皇帝开怀大笑，说："外国使者进奉一条罕见的金鱼，色彩斑斓，全身发亮，很是好看。朕因害怕它孤独难活，就把它放进后花园的池塘里。"纪晓岚吓了一身冷汗，幸好刚才没有直接追悼公主落水而亡，否则非落个诅咒皇亲的罪名不可。

俗语道："常在河边走，哪有不湿鞋。"即使纪晓岚聪慧幽默，可常伴皇帝身边也难免有触怒龙颜之时。

纪晓岚的大女儿嫁给了乾隆癸卯科举人卢荫文。卢荫文的祖父卢见曾做两淮盐运使很多年，政绩卓著，退政后被人弹劾在任期间利用公权谋取私利，而且还拿出了很多证据。乾隆皇帝大为震怒，下令革职查办所有涉案人员。纪晓岚听到了一些风声，心里很着急。他害怕落人把柄，不敢写明文书信或找人传话，就用纸包了一点盐和茶叶打发人连夜送到卢府。卢见曾收到东西后立刻便明白皇帝要查盐案，连夜转移家产销毁证据。第二天朝廷派人来抄查的时候只搜出来了数十千铜钱。乾隆皇帝派刘统勋等人秘密侦查，最终发现纪晓岚泄密之事。自诩聪明的纪晓岚被革去职务，发往乌鲁木齐效力赎罪。

纪晓岚砚铭文（孙敦秀书）

纪晓岚在乌鲁木齐一待就是两年。乾隆三十五年，皇帝才把他召回京城，以罪臣之身等待安排。乌鲁木齐的恶劣环境让纪晓岚深刻地领悟了什么叫人生无常,心态和气质发生了很大的变化,对官场险恶和世态炎凉也有了真切的体验。作为一名被恩命赐还的罪臣,以前的同僚都躲避不及,唯恐沾了晦气,只有几个老朋友前来安慰。乾隆三十六年,蒙古土尔扈特部回归清朝。土尔扈特部的回归向外族昭示了大清朝皇恩浩荡、威加四海的盛世气象,所以乾隆皇帝特别高兴,当即命纪晓岚作诗纪念。纪晓岚发配到乌鲁木齐做了两年苦力,无暇舞文弄墨,但是他那份才气和敏捷的才思却是磨不掉的。领了乾隆皇帝的命令之后,他挥手作了五言三十六韵,一气呵成,气势磅礴。乾隆皇帝大喜,下诏"纪昀著加恩赏,授翰林院编修"。纪晓岚三十四岁初入翰林院坐的就是这个职位,这等于十四年转了一个圈,又回到了原点。友人送来一张《八仙对弈图》祝贺纪晓岚重入翰林。画上韩湘子和何仙姑在对弈,五仙在旁观,铁拐李则酣然大睡。纪晓岚正处在人生的低潮,落寞伤感,见到友人送的这幅画更是感叹世事如棋,于是就在画上题了两首诗:

十八年来阅宦途,此心早似江中凫。
如何才踏春明路,又看仙人对弈图。

剧中剧外两沉吟,犹是人间胜负心。
那似顽仙痴不省,春风蝴蝶睡乡深。

这两首诗是纪晓岚流放后重回官场的心情剖白。在诗中,他感慨宦海沉浮,想要像铁拐李一样"春风蝴蝶睡乡深"。然而这只不过是他的美好憧憬而已,抑或是纪晓岚在无可奈何时对自己的慰藉,实际上他还是不愿意离开官场的。乾隆三十八年,纪晓岚受诏总纂《四库全书》,他一生的辉煌与荣耀于此达到了顶点。

乾隆一朝处于清朝发展的鼎盛时期,国力不断增强,人民安居乐业,处处呈现一片盛世繁荣景象。乾隆皇帝很自豪,

纪晓岚画像

自称“十全老人”。满人在马背上夺得天下，武功自然不在话下，乾隆希望自己不仅在武功上超越其父其祖，在文治上也要超越历代帝王，成为真正十全十美的皇帝。早在继位之初，他就开设博学鸿词科招纳贤才，同时开馆修书，先后完成了《皇朝文献考》《续文献通考》等一批史书的编纂。但他仍不满意，决心再编纂一部规模更为宏大、超出历史上任何类书的大型文库以与清朝盛世相匹配。在彰显文化实力的背后其实还隐藏着另外一个更大的目的，那就是销毁民间有关排满言论的书籍，泯灭汉人的排满思想。

《四库全书》的编纂可以说是一项前无古人的旷世大工程，它不仅要求参与编纂的学者有相当的学术水平和眼力，而且要有周密的组织与计划。在整个四库馆中，纪晓岚的职务不算是最高的，上面还有以皇六子永瑢为首的正副总裁二十六人，他们大多数只是挂个虚名而已，并不真正处理修书事务，具体负责各项事务的是三个总纂官：纪晓岚、陆锡熊和孙士毅。总纂官下面还有总校官和各门类的纂修官，再加上誊录员工，统共有四千多人。总纂官的任务就是对这么一个大摊子负起总责，总揽全局。修纂四库的任务之繁重是难以想象的，馆臣们“无一息之闲”，经常要通宵达旦地加班加点，纪晓岚却精神亢奋。自从乌鲁木齐之贬重新返京后，他看尽了世态炎凉，如今总纂《四库全书》这么一部历史上绝无仅有的旷世巨作，不仅能青史留名，还能借职务之便见到许多未曾流传的好书，对于他这样的文臣来讲正是乐得其所。因此，他在自己修四库时用的一方砚台上题了这样一首诗：

检校牙签十万余，濡毫滴渴玉蟾蜍。
汗青头白休相笑，曾读人间未见书。

这种徜徉于精神乐园自得其乐的舒适心情与前面“此心早似江中凫”那种无所寄托的迷茫截然不同。然而修书的过程也并不尽然像他想象的那么美好。乾隆皇帝追求完美、吹毛求疵的性格，再加上满汉夷夏之争这个敏感的问题让纪晓岚的这个总纂官当得相当辛苦。从《四库全书》纂修工作一开始，乾隆皇帝就不断插手编纂工作。他亲自制定收录标准，决定各书取舍，对已收录的书籍进行定时抽查，一旦发现有讹抄疏漏或者有敏感词句一定会严查重惩。乾隆皇帝还规定，每三个月对馆臣们的业绩做一次考察，有讹抄疏漏者，一处记一过，记过多者给以处分。大家都害怕受处分，一出错就相互推脱责任，甚至装痴卖傻，因此闹出了很多笑话。纪晓岚虽然是总编纂，但是各位馆臣也多是在朝为官的同僚，训导的话不好明说，就写了一首讽刺诗贴在四库馆的墙上：

张冠李戴且休论，李老先生听我言。
毕竟尊冠何处去？他人戴着也衔冤。

《四库全书》这么大的一个工程，参与人数众多，又无前例可循，馆臣单单负责其中一小部分都会不断出错，更不用提负总责的总纂官了。任何部门出了差错，皇帝都要算到他们头上，纪晓岚和其他两位总纂官频频倒霉。皇帝惩罚他们比较厉害的一招就是照价赔偿。乾隆五十五年时，内廷四阁《全书》初次复校完成，纪晓岚等呈给皇帝御览。乾隆皇帝随手一翻挑出了一堆错误，当场龙颜大怒，厉声斥责道："自从修'四库'以来，你们三人专司其事，朕因你们卖力气，经常提拔与你，你们就拿这样的成果来回报朕？"因而下谕旨：将文渊、文源、文津三阁书籍所有应当换行写篇页的装订挖改工价均由纪昀、陆锡熊等人一体分赔，并罚他们各自带领相关人员前往热河、盛京文津阁和文溯阁校勘藏书。陆费墀在乾隆五十二年时因校书出错过多被皇帝勒令自费修补文渊阁、文汇阁、文宗阁所有问题书籍，家产几乎赔尽。如今皇帝又让他赔钱，陆费墀更加愤愤不平，心中又急又气，不久便忧愤而终。陆费墀去世后皇帝仍不愿放过他，下谕抄没陆家田房产业，只给家属留下一千两赡养费，其余全部作为修书之用。

陆费墀这样一个为修《四库全书》鞠躬尽瘁的学者不但没有得到朝廷的嘉奖，还因此赔光了家产，搭上了自己性命，死后连祖业都被夺去充公。在给这位同僚写祭文时，一向能言善辩的纪晓岚却不知该如何安慰死者，坐在书桌前迟迟不能下笔。他为陆费墀感到不平，也从他的身上预见到了自己的结局。可如果能够重新选择，他想他和陆费墀仍然会选择坚持修书，即便是付出这样沉重的代价。思量一番后，他将在乌鲁木

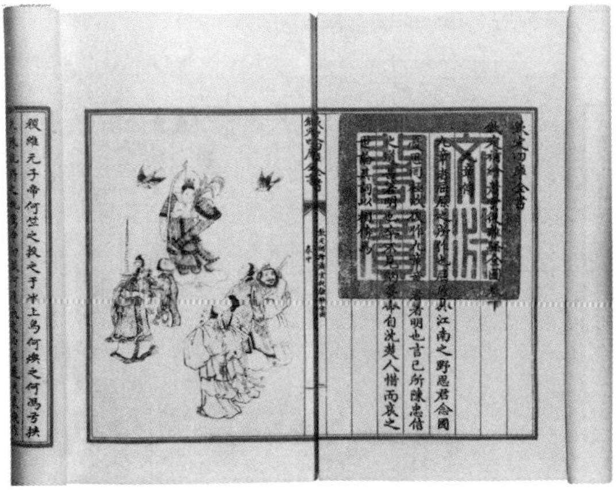

钦定《四库全书》书影

齐时写的一首劝慰自己的诗当作祭文送给了这位曾经并肩作战的战友。诗曰：

一笑挥鞭马似飞，梦中驰去梦中归。
人生事事无痕过，蕉鹿何须问是非？

在修《四库全书》的过程中，因为校对出错受惩还算是轻的，更可怕的是被牵涉到各种各样的文字狱中。清朝的文字狱数量之多、牵扯之广、惩罚之重超过了历史上的任何一个朝代。统治者用荒唐的逻辑胡乱引申作者原意，没有一定的评判标准，也很少讲究证据，只凭借想象去主观臆测作者动机，所以文字狱就像一个不定时的炸弹一样，而修《四库全书》的馆臣们作为收录改写图书的负责人更是首当其冲，即使馆臣们在校书改字的时候特别小心翼翼也难逃殃及。

满族人在入主中原前主要生活在东北草原上以游牧为生，他们民风彪悍不重文教，所以汉人往往称他们为“虏”。乾隆皇帝对汉人这种赤裸裸的蔑视十分不满，下令修书馆臣，但凡遇到书中有“虏”字一律改换为“满”或“清”。纪晓岚心想：皇帝痛恨汉人对少数民族的贱称，不如这类字眼统统换掉。每次发现书中有称呼西南少数民族的“夷”“狄”字样，他也小心翼翼地予以改换。没料想纪晓岚这回拍马屁没拍到点子上，反而触到了皇帝的逆鳞。皇帝将书直接扔到他脸上，说：“‘夷’‘狄’两字在经书中经常出现，怎么能随意改动？更何况这‘夷’‘狄’指的是西南少数民族，纪爱卿连这些一同改了，莫不是心中将我大清与这些小民族等同视之？”蔑视皇族的罪名大了去了，这顶帽子扣下来纪晓岚一家几十口的脑袋就得搬家。这时朝上几位好事的大臣纷纷站出来拍皇帝马屁，要求严肃处理纪晓岚的罪责。纪晓岚伏在地上吓得一身冷汗，最后乾隆皇帝还是念及修书无人才网开一面放过了他。

纪晓岚砚台

这件事情过后，纪晓岚更是战战兢兢、如履薄冰。在编纂《四库全书》十几年的日子里，他时时感觉头上悬着一把利剑，稍有疏忽就会成为冤鬼。为了防止自己再因好言多事惹祸上身，他亲手在自己修书用的砚台上刻了一首铭诗，时时提醒自己要安守本分，谨言慎行：

捧来宫砚拜彤庭，片石堪为座右铭。
岁岁容看温室树，惟应自戒口如瓶。

也许是性格使然，尽管纪晓岚时时提醒自己要“戒口如瓶”，可是当他遇到一些看不惯的事情时还是会忍不住地讽刺批判一番。

清代的贡生分为恩贡、拔贡、副贡、岁贡、优贡和例贡。清初贡生六年选一次，乾隆时期十二年选一次，得中者相当中举。贡生的考试与乡试不同，不仅要求品学好，还要求考生的长相要精神，即所谓的“美丰仪”。为了给考官留个好印象，应考贡生的人在临考试前都要对自己的容貌刻意地修饰一番，有胡子会显得苍老难看，所以很多人都忍痛把胡子一根一根地连根拔净。有一年拔贡发榜，纪晓岚正好从发榜的地方路过，看到一群拔了胡子却没有获拔贡的老秀才一个个哭得老泪纵横，于是写诗讽刺说：

未拔拔贡先拔胡，拔贡未拔胡已无。
早知拔胡不拔贡，不拔拔贡不拔胡。

这首诗讽刺的不仅是这些为了功名拔胡子的考生们，更是为了讽刺这种以貌取人的考试制度，虽然仅用了二十八个字，却有“骂人骂鬼入木三分”的效果。

乾嘉年间，罗两峰的《鬼趣图》广为流传，文人墨客多有题咏。《鬼趣图》共八幅，图中所画鬼怪有赤身跣足先后追赶者，有手拿藜杖面目哭丧者，有在云间奔跑者，还有荒山乱石中的骷髅，形状各异，不一而足。《鬼趣图》有何意旨罗两峰并未说明，文人墨客们便在题咏中纷纷猜测深意，引经据典，辩论鬼神到底存在与否。纪晓岚也曾在《鬼趣图》上题诗，曰：

鬼趣图

文士例好奇，八极思旁骛。

万象心雕锼，抉摘到邱墓。

紫桑高尚人，冲淡遗尘虑。

及其续搜神，乃论幽冥故。

……

儒生辨真妄，正色援章句。

为谢皋比人，说鬼亦趣多。

纪晓岚在诗中嘲笑儒生关于鬼神是否存在的辩论，调侃罗两峰为了好奇而搜索枯肠以至于搜索到了坟墓。其实纪晓岚自己也写有很多鬼神小说，他的《阅微草堂笔记》记载了将近七百个鬼怪故事，每个故事背后都有一定的寓意。其中有一个讽刺小人的故事是这样的：有一个官宦人家的子弟，为了安心准备考试就住到了坟园里。有一天，书生正在院中读书，忽然发现墙豁处有一个漂亮姑娘在看他。书生正想去打个招呼，姑娘却转头离开了，一连几天都是这样。书生开始以为姑娘看上自己了，心中窃喜不已。后又转念一想，这附近住的都是看坟的壮汉，哪里来的这么漂亮的姑娘，一定是狐鬼在作怪。所以以后不管姑娘怎么勾引他，他都不予回应。一天晚上，书生独自站在树下，听到墙外两个女子窃窃私语。一个女子说："你的意中人正在月下散步，你快点找他去啊！"另一个女子回答道："他正疑心我是鬼怪，干什么要让他担惊受怕。"先前的那个女子又说："青天白日的，哪里有什么鬼怪。"书生听了这话暗自高兴，提了衣服就要出去。忽而又猛然觉悟：天下小人没有一个自称是小人的，不但不自称小人，还都痛骂小人以表明自己不是小人。这两个女子自称不是狐妖就更可疑了。第二天，书生去周围打听，附近果然没有这样的两个女子。狐妖看自己的诡计被识破，就再也没有出现过。

《阅微草堂笔记》书影

纪晓岚还通过写鬼怪讽刺所谓的"清官"。有一个官员穿着官服雄赳赳地来到阎王面前，说："我所到之处，只喝一杯水而已，没有贪图一分钱财，所以我在你面前问心无愧。"阎王冷笑了一声说："设置官员是为了治理百姓，不要认为你不贪钱就是一个好官，照你的说法，弄一个木偶放堂上，他连一杯水都不喝，不更胜过你吗？"这位官员又辩解说："我虽然没有功劳，但是也没有罪过啊。"阎王怒道："你这个人，什么事都只考虑要保住自己的乌纱帽，从不为百姓着想。某案某案，你为了避嫌不表态，这不是有负于百姓吗？某事某事，你为了怕担责任不去做，这不是有负于国家吗？《舜典》上'三载考绩'怎么说的？无功即有过，你怎么没过错呢？"

这两个故事都是绝妙的讽刺小品，也是一篇指摘时政很好的政论。纪晓岚借书生、阎王之口说出了自己对小人和清官的认识，讽刺了那些装模作样的伪君子和占着禄位不为百姓办实事的蠹虫。有人说纪晓岚为人世故，原因是他经常拍皇帝马屁。但是从这些讽刺诗和讽刺故事来看，并不完全是这样。鲁迅先生在《中国小说史略》也曾说过，"（纪晓岚）生在乾隆年间法纪最严的时代，竟敢借文章攻击社会上不通的礼法、荒谬的习俗，以当时的眼光看去，真算很有魄力的一个人"。所以说，纪晓岚的世故大概是为了自保，从骨子里来看，他还是很具有批判意识的。

纪晓岚为人风流，家中妻妾颇多。在成群妻妾中，他最喜欢的就是沈氏。沈氏出身小户人家，神思爽朗，性格活泼。她曾跟母亲说："我不愿意做庄稼汉的媳妇，可是高门大户又不会娶我这样身份卑微的女子做夫人，将来只好当个显贵人家的妾吧。"后来她嫁给了纪晓岚，拜见马夫人时，马夫人说："听说你自愿做妾，可是做妾并不容易啊！"沈氏恭恭敬敬地回答道："因为不愿做妾，妾才难做。既然愿意做妾，那妾又有什么难做的呢？"

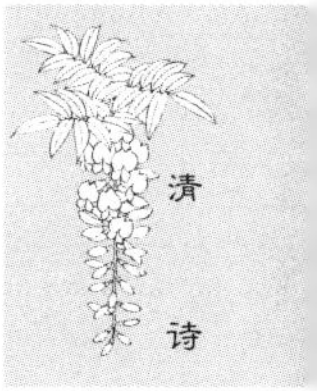

沈氏还曾经对纪晓岚说："女人应该在四十岁之前死去，这样人们还会怀念她、怜惜她。假如活到老态龙钟，头发也白了，牙齿也掉了，像灰不溜秋的老鼠一样被人嫌弃，那是我最不愿意的。"没想到，沈氏的这句话竟然应验了。乾隆五十六年四月，沈氏去世，年仅三十岁。沈氏病重时纪晓岚一直在圆明园值班，住在海淀槐西老屋。一天晚上，纪晓岚伏在案上小憩，恍恍惚惚看到沈氏在门口站着，他正要起身过去，这时墙上的挂瓶绳子突然断裂，瓶子哐当坠地，纪晓岚便惊醒了。当时以为是太过挂念所致，后来才知道，沈氏在这天晚上多次晕厥，醒来后对马夫人说："刚才梦见去了海淀寓所，忽然有大声如雷，因而惊醒。"纪晓岚忆起那天晚上挂瓶坠地，才明白是沈氏的生魂去探望。沈氏离世后，纪晓岚很伤心，不但为她亲自画了遗像，还题了两首悼亡诗。纪晓岚很少为妻妾作诗，这两首诗却写得极尽缠绵：

几分相似几分非，可是香魂月下归？
春梦无痕时一瞥，最关情处在依稀。

到死春蚕尚有丝，离魂倩女不须疑。
一声惊破梨花梦，恰记铜瓶坠地时。

纪晓岚是一个很大男子主义的人，他极其看重夫权，认为女人要以夫为纲，从一而终。在《阅微草堂笔记》中，他写了很多改嫁妇人遭前夫鬼魂报复的故事，沈氏如此得他欢心也是因为能守本分。但是纪晓岚并非不通情理死守礼教之人。他也曾经写诗对因爱出轨的男女表示同情，诗中写道：

鸳鸯毕竟不双飞，天上人间旧怨违。
白草萧萧埋旅榇，一生肠断华山畿。

纪晓岚书法

诗中故事发生在纪晓岚被贬乌鲁木齐时。纪晓岚的邻居闻报校军王某被差往伊犁运军械，他的妻子一人在家。王某的妻子是秀才家里的女儿，是这附近唯一的女先生，每天都有孩子来家里请她教书识字。一天，几个孩子照常来先生家里上课，可是一直等到中午也不见先生出来。王家大门一直紧锁，叫门也没有人回应。纪晓岚觉得不太对劲，就让孩子们通知木金泰前去看看。木金泰派兵破门而入，发现内屋床上躺着一男一女，两人裸体相抱，剖腹而死。女人正是王某的妻子，男人不知道从哪来的，向邻居打听，也都说没见过。正在案件侦破陷入僵局，大家都不知道该怎么下手的时候，女尸忽然小声呻吟了起来，看守吓了一跳，连忙向上级禀报。在军医的精心救治下，女人竟然活了过来。据她供认说，这个男人是她的青梅竹马，两人自小相爱，由于父母逼迫才嫁给了如今的丈夫。婚后，两人一直偷偷幽会。后来她随丈夫驻防西域，男人放不下她，便千里迢迢地跟来了。两人整天偷偷摸摸，明明知道不会有结果偏偏又爱得死去活来难舍难分，内心十分痛苦，这才相约共赴黄泉。只是自杀的时候，女人力气太小，割了一半便痛得昏了过去。

有人说，纪晓岚没有以礼教的名义对两人的婚外情大加挞伐，反而表示同情和理解多半是因为文鸾。纪晓岚一生妻妾颇多，可是只有青年时代与文鸾的这段恋情反复地被后世小说家和影视编剧渲染。文鸾原是纪晓岚四婶李氏的婢女，她气质温婉，相貌可人，粗通文辞。纪晓岚二十几岁已经才名远扬，又是有钱人家的公子，俘虏了无数少女的芳心，文鸾也是其中一个。四婶李氏在众多子侄中，尤其喜欢纪晓岚，经常把纪晓岚叫到身边说话。文鸾对纪晓岚心存爱慕，趁此时机时常向他请教切磋。她聪明灵巧，美丽贤淑，对纪晓岚关怀备至，一来二去两人便擦出了火花。后来纪晓岚赴京任职，专门写信回来请四婶帮他找一个称心的婢女。李氏早就看透了他的心思，扯过文鸾问她可愿跟随纪晓岚？文鸾满心欢喜地答应了。李氏为她置备衣服首饰，选好日子准备送她登程。李氏身边另外一个婢女嫉妒文鸾得主子偏心，于是暗中使绊，诬陷文鸾与别的男人私通。李氏一气之下就把文鸾卖给了一个商人为妇，另挑了一个贤惠女子给纪晓岚送了过去。

文鸾对纪晓岚一往情深，嫁作人妇后还时常打听纪晓岚的消息，她的丈夫心胸狭隘、脾气暴躁，经常为此对她拳脚相加。没过两年，文鸾便郁郁而终。纪晓岚当时并不知情，还以为文鸾不愿意为妾，过了几年后才影影绰绰打听到了一些，可是佳人早已香消玉殒。文鸾已嫁作他人之妇，她生前因自己受苦，纪晓岚不愿让她死后还不得安宁，所以只能借咏秋海棠来表达自己对文鸾的思念歉疚之情。诗曰：

憔悴幽花剧可怜，斜阳院落晚秋天。
词人老大风情减，犹对残红一怅然。

时隔多年，纪晓岚在乌鲁木齐看到一对恋人愿意双双殉情的时候，就更加自责当初没有保护好自己的恋人，使得佳人凄凄惨惨地独赴黄泉。

归时昏眼如经见，竹马斑衣总断肠

——多面孔的和珅

和珅和纪晓岚是一对冤家，民间传说中有许多两人斗智斗勇的趣事，大都是以和珅的惨败告终。有一个故事说和珅大字不识一个却爱附庸风雅，他用搜刮来的银子盖了一座大别墅，请纪晓岚给题个名字。纪晓岚挥笔写了“竹苞”两个大字，讽刺他们家个个草包。和珅不知所以，高高兴兴地挂到了大门口炫耀。几年前，一部叫作《铁齿铜牙纪晓岚》的电视剧红遍大江南北，剧中同样把和珅塑造成一个不学无术、只会溜须拍马的胖贪官。其实历史上真实的和珅并非如此。

和珅原名钮钴禄·善保，上学以后由学校先生改名为和珅。他的家族隶属于满洲正红旗，父亲钮钴禄·常保在清朝担任福建副都统，官居正二品，家境还算殷实。和珅三岁时，母亲因为生弟弟和琳难产早逝，九岁时父亲又因病去世。和珅读的学校是咸安宫官学，学校就读的学生都是贵族子弟。自从父亲病亡后，和珅兄弟俩就在姨娘的白眼下凄惨度日，在学校也不受待见，经常受老师同学欺负。和珅明白自己的处境，受人欺辱时也不反抗，只是更加努力地读书，并在心中暗下决心，将来一定要出人头地。

少年和珅

长到十八岁时，和珅已经是有“满洲第一俊男”之称的翩翩美少年了。因为家道中落的原因，那些高官贵族都不愿将女儿嫁给他。刑部尚书英廉家里人丁稀少，膝下只有一个待嫁的孙女，多少人挤破了脑袋想要当上门孙女婿。英廉却独具慧眼，相中了和珅。虽然现在的和珅一无所有，但是英廉觉得他老成持重，做事勤奋，而且喜怒不形于色，将来必成大事，于是就回绝了许多高门大户的求亲，将自己唯一的孙女嫁给了他。英廉这位伯乐彻底改变了和珅的人生，他不仅让自幼失去双亲、遭尽了白眼欺凌的和珅重新感受到了家庭的温暖，还把他从一个无名书生拉到了上流社会，为他实现自己出人头地的抱负铺平了道路。

和珅对伯乐英廉感激涕零，对英廉的孙女冯氏呵护有加，终其一生没有再娶她人。他很珍惜自己这个来之不易的小家庭，对每个家庭成员都关怀备至。但是上天吝啬，让他的亲人一个个离他而去。冯氏为和珅生了两子一女，小儿子生下没多久就夭折了，这对于爱子如命的和珅不啻晴天霹雳。他几次提笔都泪如雨下，不能自已。过了几个月后，才写下《忆悼亡儿绝句十首以当挽词》，诗中写道：

河汉盈盈两泪倾，都关离别恨难平。
双星既有夫妻爱，应视人间父子情。
寄言老妻莫过伤，好将遗物细收藏。
归时昏眼如经见，竹马斑衣总断肠。

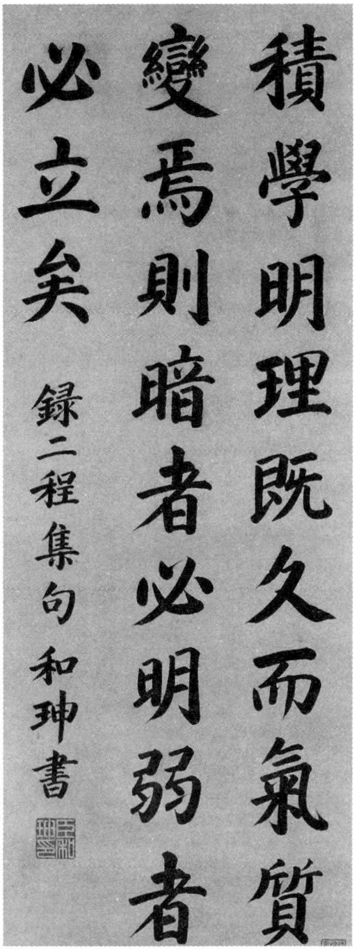

和珅书法

剜心挫骨的逝子之伤让和珅心痛得眼泪犹如河汉之水一样倾流不断。“归时昏眼如经见，竹马斑衣总断肠”一句更是将丧子之痛写得令人不忍卒读。即使如此，他还是强忍悲痛安慰爱妻，叮嘱妻子不要太过伤心，冯氏还是在丧子的打击下病倒了。和珅忧心如焚。七夕这天，他特意在府里为冯氏安排了盛大的祈福活动。阴历七月十五过鬼节，和珅再次向天祈祷，愿折十年阳寿为冯氏添福。上天似乎被他的诚意打动，冯氏有了好转的迹象，但终究没有熬到过年便去世了。和珅丧子又失妻，心中悲痛欲绝。他亲自为亡妻守灵，在灵前一连作了六首悼亡诗：

其一

修短各有期，生死同别离。
扬此一抔土，泉址会相随。
今日我笑伊，他年谁送我。
凄凉寿椿楼，证得涅盘果。

其二

夫妻辅车倚，唇亡则齿寒。
春来一尺落，便知非吉端。
哀哉亡子逝，可怜形影单。
记得春去时，携手凭栏杆。

其三

玉蕊花正好，海棠秀可餐。
今春花依旧，寂寞无人看。
折取三两枝，供作灵前观。
如何风雨渡，也紫同摧残。

和珅在诗中回忆的都是一些生活中的琐事，温馨而质朴。去年花开时，两人相偕凭栏看花，今年春花开得正好，爱妻却已离去，只剩自己形单影只。他不愿让妻子错过美丽春光，折下花枝贡放在灵前，与她共赏。这一件小事足见和珅对妻子之情真爱切。“夫妻辅车倚，唇亡则齿寒”，在和珅心中，妻子就是与他彼此扶偕共度一生的唯一伴侣。

和珅不仅对自己的妻儿很好，对自己的胞弟和琳也是爱护有加。兄弟两人自幼失怙，相依为命。和珅年长几岁，就承担起照顾和琳的责任，一直到他娶妻生子。和琳是个武将，在围攻平陇的战役中受了瘴气染病身亡，年仅四十四岁。和珅听闻消息后痛哭流涕，作了十五首悼亡诗来悼念自己的胞弟。他在诗序中写道：“言不成声，泪随笔落，聊以当歌。”其中一首诗写道：

看汝成人瞻汝贫，子婚女嫁任劳顿。
如何又为营丧葬，谁是将来送我人。

纪晓岚号称乾隆朝第一大才子，翻遍他的诗文集，和家人有关的也就那么几首。和珅诗作数量不及纪晓岚，但是大部分都是为家人而写。和纪晓岚追悼沈氏和文鸾的诗相比，和珅的这几首悼亡诗写得质朴无华，字字血泪，完全是出自肺腑。从和珅的这些情意绵绵的悼亡诗来看，他并非像民间传说中那样不识一字、寡薄无情。相反，和珅文采相当不错，对亲情也十分重视。和珅诗集中有许多与乾隆皇帝的唱和诗和替乾隆代笔的诗。可是与他那些刻意讨好皇帝的唱和模拟之作相比，这些悼亡诗显然更显真情流露，也让我们看到了和珅身上人性的光辉。

《和珅诗集》书影

虽然和珅并不像民间传说的那样面目丑陋、寡学薄情，但他靠着巴结逢迎皇帝得势、大肆敛财、鱼肉百姓却是事实。

和珅最初入宫时只是一个三等侍卫。一日，乾隆皇帝在圆明园水榭上读《孟子》，正好和珅当值伴驾。天色渐晚，乾隆看不清书下的注释，又懒得唤人掌灯，眯着眼自言自语："人之有道也，饮食暖衣，逸居而无教，则近于禽兽。这下一句是什么？"身后的和珅不加思索，将剩下整篇朱疏一字不差地背了出来。乾隆皇帝十分惊讶，赞赏道："不知爱卿竟有如此造诣！"当时就晋升他为御前侍卫。

和珅全身像

和珅是一个极善投机的人，自从背书被皇帝赏识提拔后，他愈加在这方面下功夫。乾隆皇帝自诩风流，经常与大臣诗歌唱和。和珅就将皇帝所作诗词的风格、用典、常用的词句摸得一清二楚，所以每次君臣诗酒唱和时和珅做的诗总是最合乎皇帝的心意和审美。和珅还临摹乾隆皇帝的书法，亲自照顾皇帝起居，连宗教信仰都紧紧跟随。培养了这么多共同爱好之后，和珅很顺利地成了皇帝的密友心腹。

得到皇帝的青睐后，和珅官职扶摇直上，在朝中势力如日中天。作为皇帝面前的大红人，前来巴结奉承的官员络绎不绝，来府上送礼的人一波接着一波，和珅生性贪婪，来者不拒。拿人钱财自然要替人办事，所以买卖官爵、徇私枉法的事他也没少干。皇帝心中对他的所作所为一清二楚，但是和珅太会摸皇帝心思了，皇帝越来越离不开他，想着自己也没几年可活了，干脆等到自己驾崩后留给新皇处置，所以对和珅敛财的行为只当不知，大臣们弹劾和珅的奏章也都被扣了下来。和珅刚得势的时候还有所顾忌，做事也总想着给自己留条后路。可是高位居久了，日日被手底下那帮人吹捧，忧患意识早就被他扔到九霄云外去了，得到皇帝如此明显的包庇袒护后就更加肆无忌惮了，连诸位皇子也不放在眼里。乾隆皇帝一死，新登极的嘉庆皇帝开始与和珅清算旧账，列出了他二十大罪状。朝中许多受和珅欺压的大臣也纷纷上奏，揭发和珅罪行，连往日巴结奉承他的人也落井下石，要求将和珅凌迟处死。

嘉庆四年正月十五，正逢元宵佳节万家团圆之际，被抄家削职的和珅在刑部大牢用一条白练结束了自己的生命。临死前，他口占一诀：

五十年来梦幻真，今朝撒手谢红尘。
他日水泛含龙日，认取香烟是后身。

两百多年来，和珅的这首绝命诗耗尽了无数史学家的心血。有人说和珅乃是马佳氏转世。据野史记载，乾隆未登极时与雍正妃子马佳氏私通，后来被皇后撞破。皇后为了保全王子名声，赐马佳氏三尺白绫。乾隆心疼爱人却无能为力，他咬破手指，在马佳氏的额头上滴了一滴血，以此为证约定来生再见。四十年后，乾隆皇帝遇上了和珅。彼时的和珅风流倜傥，一表人才，号称“满族第一俊男”，明明是男儿身却长得眉清目秀，颇似当年的马佳氏，最重要的是他的额头也有一小块红记。乾隆皇帝认定和珅是马佳氏的后身，因此对他百般包容，万般宠爱，而且还把这件事告诉了和珅，这才有了和珅临死时“认取香烟是后身”之语。

还有人说“水泛含龙”用的是夏后龙漦的典故。夏朝末年，夏帝从龙那里求得龙漦，锁在了一个木盒子里，嘱咐后人不得擅自打开。周厉王不守祖训打开了盒子，龙漦就化成一缕香烟进入童女体内。女童无夫受孕，生下了美女褒姒，导致了西周灭亡。所以和珅诗后两句是说他死后也会化身褒姒那样的女子来祸害大清国。至于这女子什么时候会来，诗中“水泛”给了提示。“水泛”即发大水，即发水的时候和珅会转世而生。道光十二年，黄河决堤，恰好就有一个女孩呱呱坠地。这女孩不是别人，正是日后亲手葬送大清国的慈禧太后。当然这只是历史的巧合和史家的附会，至于和珅绝命诗背后的真实含义，至今也没有人能给出一个确切合理的解释。

卧似心字缺三点，立如弯弓少一弦

——刘墉“罗锅”称号的由来

刘墉，字崇如，号石庵。他的父亲是乾隆朝首席大学士兼军机大臣刘统勋。刘统勋是出了名的铁面无私、刚正不阿，刘墉走上仕途后不但没能沾上父亲的光反而时常受牵连。刘墉博学多才，聪明机智，文章也写得很好。他考中进士那一年，很多官员都向皇帝推荐点刘墉为状元，皇帝也很欣赏刘墉的才华。刘统勋为了避嫌亲自向皇上请命，将刘墉定在了十名以外，本来应该是状元，刘墉却只能进翰林院做一个小小的庶吉士。没过多久，刘统勋因为建议乾隆皇帝放弃巴里坤被抄家入狱，刘墉又无辜遭受两年牢狱之灾，后来被发配到外地做官，过了将近三十年才重新调回到京城来。

刘墉

虽然仕途不顺，命运多舛，刘墉也并没有改变他诙谐幽默的性格。他很爱跟人开玩笑，回到北京以后，经常见和珅围着乾隆皇帝溜须拍马，于是就想逗逗和珅，让他出回丑。

每年大年初一和珅都早早地去给皇帝磕头拜年。和珅家住得远，每次去宫中都要从刘墉家门口经过。这年三十刚下过雪，路上泥泞得很。第二天早上天刚蒙蒙亮，刘墉就吩咐仆人在门口泼了几盆脏水，并嘱咐他们说：“你们在门口守着，等会儿和中堂要是经过，你们就大声喊‘和中堂给您拜年来了’。”说完转身进房去了。仆人们知道他又要捉弄人，一个个都幸灾乐祸地等着看好戏。

不一会儿，和珅的轿子果然来了，仆人们赶紧朝院子里大喊：“老爷，和中堂给您拜年来了！”和珅在轿中也听见了，心中虽然不屑，可大家同朝为官，面子上总要过得去，于是吩咐轿夫稍停片刻，准备下轿去寒暄两句。刘墉穿得破破烂烂的，小跑着从院里出来，一见和珅就跪下磕头拜年。和珅虽然官职比刘墉高，但是刘墉毕竟长他三十岁，又是已故忠臣刘统勋的儿子，他哪敢心安理得受此大礼？只好也跪在地上还礼。两人互相磕完头后都是一身泥巴，和珅总不能穿着脏衣服去见皇帝，只能千里迢迢地再拐回去换衣服。

让刘墉这么一折腾，和珅再来给皇帝拜年的时候已经是下午时分了。皇帝问他："每年你都抢第一个来，今年怎么晚了？"和珅向乾隆皇帝大倒苦水，将刘墉戏弄他的事情添油加醋地说了一遍，请求皇帝为他做主。乾隆皇帝觉得刘墉戏弄和珅简直是没把自己放眼里，心里也很生气，可是这样鸡毛蒜皮的小事又不好拿到台面上说，两人合计半天，想了个出气的好办法。

半个月之后是元宵节，皇帝大宴群臣。宴席上，刘墉佝偻着腰来给皇帝敬酒。皇帝说："刘爱卿日夜为国事操劳，如今连腰都直不起来了，朕特赐你'罗锅'二字，望各位爱卿多多向你学习，为朕分忧。"说完还即席赋诗一首：

人生残疾是前缘，口在胸膛耳垂肩。
仰面难得见日月，侧身才可见青天。
卧似心字缺三点，立如弯弓少一弦。
死后装殓省棺椁，笼屉之内即长眠。

众大臣听了皇帝的诗都低头偷笑，这摆明了是在寒碜刘墉。刘墉并不是罗锅，只是上了年纪，背弓得厉害。他听出来乾隆皇帝是在骂自己，也不恼羞，当即就跪下谢恩，并且立马和了一首谢恩诗：

驼生脊背可存粮，人长驼背智谋广。
文韬伴君定国策，武略戍边保家邦。
臣虽不才知恩遇，承蒙万岁赐封赏。
别看罗锅字不多，每年白银两万两。

乾隆皇帝听完之后脸都气绿了。按照清朝规定，皇帝赐予臣子封号、谥号都会相应地增加俸禄。当年刘统勋去世，皇帝赐谥号"文正"，每年就要给刘家两万两银子。如今皇帝赐刘墉"罗锅"本来是想开个玩笑糗他一把，刘墉却借此引据旧例，狠狠敲了他一笔。君无戏言，乾隆此时后悔也来不及了。

刘墉的父亲刘统勋一生清廉正直，所以谥号为“文正”。终清一朝，得封“文正”为谥号的大臣总共才五个，刘统勋排第二，这是很了不起的荣誉。刘墉明白自己很难超越父亲，他的任务就是守住现有的家业，因此他不可能像他父亲无所顾忌、一心为公。历史上就记载了刘墉为了邀宠发起的两起文字狱案。

1761 年，刘墉担任江苏学政时，江苏沛县举人阎大镛因为辱骂朝廷被抓。阎大镛是个愤青，做事冲动不顾后果。此前刘墉刚接任学政之位，将自己的诗集自费梓印，发放给各个学校以供学习。阎大镛认为刘墉此举是为自己扬名，厚颜无耻，将发放下来的诗集收集起来当众烧毁。刘墉对这件事情一直耿耿于怀。阎大镛辱骂朝廷案本应由提刑按察使司来审，刘墉以阎大镛是举人，须得由学政来审为由接手了案子。他心想：既然此人敢公然辱骂朝廷，必定有谋逆忤上的文字。因此就派人到阎大镛家里搜查，果然搜出了一些诸如“明朝期振翮，一举去清都”等有反清之意的诗文。为了报复和邀功，刘墉顺水推舟，将这起本可以压下来的案子扩大化。他立刻给皇帝上书，将阎大镛的诗稿文字一并呈了上去。皇帝震怒，下令将阎大镛极刑处死。刘墉则因举报察反有功从江苏学政升到了山西太原知府。

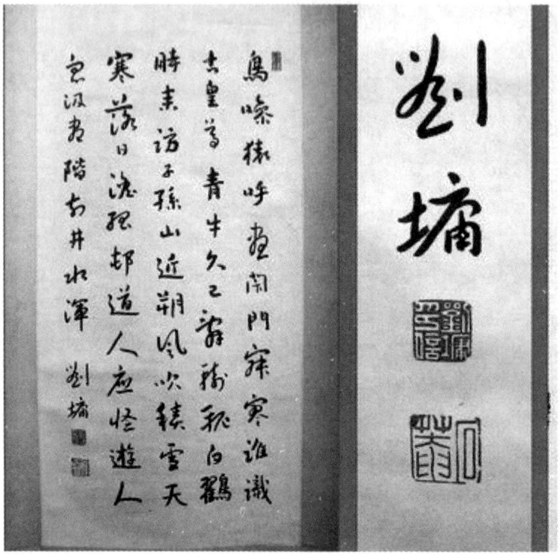

刘墉书法

1777 年，刘墉第二次任江苏学政。东台县徐家要强买张家土地，张家不愿意，就将徐家告到了官府，并检举说徐家有一本诗集，里面全是辱骂清朝的话。刘墉派人到徐家去搜查，查出了《一柱楼诗集》。这本诗集是徐家老爷子徐述夔写的，里面有“大明天子重相见，且把壶儿搁半边”，“壶儿”与“胡儿”同音，借此讽刺清人是蛮胡，希望汉人光复天下。刘墉一面将诗集送到皇帝面前，一面极力纠察涉案人员。《一柱楼诗集》已经刊印发行了几十年，读过的人很多，当地的官员也都知道。刘墉这么一查，一下兜出来很多人。不但徐家父子被斩杀，徐述夔被挖坟掘墓，挫骨扬灰。当地的数十名官员和书商也都被牵连杀头。

当年刘墉的父亲刘统勋督办卢见曾盐案，对自己一手提拔上来的学生纪晓岚丝毫不留情面。两年后，乾隆皇帝要修《四库全书》，也是刘统勋向皇帝极力推荐，纪晓岚才不至于老死边陲。与刘父相比，刘墉显然没有那么正直无私，所以刘墉死后，朝廷给他的谥号为“文清”。当然，刘墉为政期间也办过许多实事、好事，受到百姓的称赞，但就这两件文字狱案中枉死的几条人命而言，刘墉的人格品行将永远背负着污点。

笔花四照　侧帽风流

清代词坛素有“男容若，女太清”之说。容若姓纳兰名性德，是清初最著名的词人之一。他的词纯任性灵，凄婉哀绝，于清代词坛固不多见，即以宋词相关照，亦自别具胜场，所以纳兰词享誉甚高。周颐《蕙风词话》推其为“国初第一人”，王国维在《人间词话》中赞其“北宋以来，一人而已”。顾太清（1799—1876年），名春，字梅仙，清代著名女词人。她做诗词全凭才气，不摆“唐模宋轨”的架子，潇洒自如，平添一种风流态度。纳兰多历情殇，英年早逝。太清无辜被谤，流落市井。两人一样的才情并茂，命运坎坷，反映在词中却是不一样的奇彩神韵。

一生一世一双人

——纳兰性德的一世两情

纳兰出身于钟鸣鼎食、裘马轻肥的天潢贵胄之家，他的父亲是权倾朝野的相国明珠，母亲是努尔哈赤的孙女，其家族叶赫那拉氏是清初满族最显赫的八大姓之一。纳兰本人天资早慧，读书过目不忘，十九岁会试中试，二十三岁成为御前一品侍卫。这样一个享尽人间富贵的相国公子，受时人景仰、天子青睐的英杰才俊本应该鲜衣怒马、无忧无虑地潇洒度日，可纳兰容若偏偏是多情自伤、一世忧愁。

纳兰性德

诗人苣川感慨道："为何麟阁佳儿，虎门贵客，遁入愁城里？此事不关穷达，生就肝肠尔尔。""我本落拓人，无为自拘束。倜傥寄天地，樊笼非所欲。"纳兰在内心深处始终执着于正义、自由的士子精神，高官厚禄在他看来无异于囚禁雕笼、陷身网罟。他的父亲却偏偏执迷仕途权势，家族期望也让他不得解脱，现实处境与心灵追求不可调和的矛盾使他时时刻刻处在煎熬之中，诉诸笔端，自然是一片悲苦。除此之外，情路坎坷多舛也是纳兰词风凄婉的一个重要原因。纳兰的初恋冬晴表妹沦为家族争夺权势的牺牲品，挚爱的发妻难产早亡，而他对亡妻的留恋怀念也使红颜沈宛黯然神伤，黯然离去。纳兰将三段感情中的悲喜融入自己的词作之中，尤其是他的悼亡、离别之作，字里行间渗透着真挚哀怨的情思，宛若杜鹃啼血，声声凄切。

"一生一世一双人，争教两处销魂。"让纳兰情窦初开，一生怀念的这位女子是他的表妹齐佳冬晴。冬晴是纳兰姑妈家的女儿，父母双亡后一直寄居在纳兰府中。多年以后，纳兰还清晰地记得他初见冬晴那一刻心中的悸动和欣喜。冬晴身着一件素白色的薄纱长裙，裙摆上一对蝴蝶绣得栩栩如生，仿佛要随风而去。她脸上粉黛未施，整个人淡雅如菊，静静地站在那里，散发着婉约动人的神韵。

齐佳冬晴出身贵族，从小接受良好的教育，诗词书画无一不通，而且脾气温和，待人厚道，在纳兰府中很受欢迎。容若自小沉默内向，冬晴来了之后脸上倒是多了许多笑容。两人整日腻在一处，谈天论地，抚琴吹箫，分享心中所有的忧伤与欣喜，就像在茫茫苦海中的两叶浮萍，相互温暖，相互依赖。情窦初开的少年少女很快坠入了爱河，只是因为害羞，那层窗户纸始终没有捅破。

齐佳冬晴像

一天下午，冬晴和丫头清荷在房里刺绣，两人有一搭没一搭地聊着天。

清荷说："小姐，府里人都说你和纳兰公子是天生一对。"

"瞎说什么呢，传到舅妈那儿可不好。"冬晴语气微恼，嘴角却止不住地翘了起来。

"这有什么？你们俩还不是早晚的事？"清荷撇了撇嘴。

冬晴伸手作势要挠她，清荷连忙告饶。她四下瞧了瞧，趴到冬晴耳边煞有介事地说道："小姐，这是天意。你的名字是冬晴，公子小名冬郎。你们都有一个'冬'字，剩下可不就是'晴(情)郎'吗？"

容若本来准备来园子里叫冬晴一起吃晚饭，刚巧在门口听见主仆俩的对话，一时竟害羞起来。想着这会儿进去两个人难免尴尬，干脆扭头又折了回去。回到书房后他又觉得不甘心，思前想后，终于提笔写了一首表白词：

飞絮晚悠扬，斜日波纹映画梁。刺绣女儿楼上立，柔肠。爱看晴丝百尺长。

风定却闻香，吹落残红在绣床。休堕玉钗惊比翼，双双。共唼苹花绿满塘。

晚上，两人约在绿水亭见面。冬晴见了容若为自己写的词羞得背过身去，娇嗔道："好你个登徒子！"容若嘿嘿一笑，将冬晴拉入怀中。

转眼两年过去了，宫中又开始大选秀女，但凡是贵族未婚女子都要参选，冬晴也在候选名单中。容若并没有将此事放在心上，那么多秀女参选，选中冬晴的几率很小。即便不巧选上了，去宫中活动一下，只给个宫女名额，过几年也就放出来了。可是他没有料到自己的母亲会出手阻拦。觉罗氏顾忌丈夫的面子，表面上对冬晴关怀备至，可是自从知道她与自己宝贝儿子交往后就无时无刻不想着把她赶出府去，选秀便是最好的机会。她背着自己儿子买通了内务府，不但使齐佳冬晴选上了秀女，还让她当上了“修议”。“修议”算是皇上的嫔妃，一辈子都要伺候在皇帝身旁，这下冬晴是出宫无望了。

夏荷图

容若得知消息时如同遭遇晴天霹雳，他央求父亲把冬晴换回来。纳兰明珠没有答应，而且很明确地告诉他：“你是纳兰家的长子，要清楚自己肩上的责任。宫里才是冬晴最好的归宿，你不要再痴心妄想了。”

冬晴听到消息也急得病倒了，她多么希望这是一场噩梦，醒来后还能与她的冬郎长相厮守。可是第二天宫里就派轿子来接人了。容若站在府门口，看着清荷扶着面色苍白的冬晴从里院走出来。他快步走过去，从清荷手里接过了冬晴的手，细心地为她撩起轿帘，扶她坐了进去。两人四目相望，心中有千言万语却都哽咽难言。觉罗氏对随行宫人嘱咐了几句就催促他们上路了。纳兰伸手死死按在抬杠上，半晌才恋恋不舍地放下了轿帘。看着冬晴的轿子越走越远，他感觉自己的心好像被人生生挖走了一般。

轿里的冬晴展开容若塞在她手心的纸条，上面是熟悉的字迹：

一生一世一双人，争教两处销魂。相思相望不相亲，天为谁春。
浆向蓝桥易乞，药成碧海难奔。若容相访饮牛津，相对忘贫。

“一生一世一双人”，冬晴轻轻重复着，眼泪像断了线的珠子簌簌滑落。这可是他的承诺？冬郎如此，冬晴何怨？

冬晴入宫后一直没有消息，容若难忍相思之苦，决定要冒险进宫探望。恰逢孝仁皇后重病过世，容若扮成一个超度和尚混进了皇后灵堂。那么多宫女嫔妃，哪一个才是冬晴妹妹呢？正在他张皇失措的时候，瞥见灵堂边柱下跪着的那个安静姑娘似乎跟冬晴有些像，再仔细一看，可不就是他朝思暮想的心上人吗？只是原来那个明眸善睐、巧笑倩兮的佳人如今被折磨得形容枯槁、憔悴暗淡。容若心如刀绞，下意识就要抬脚向她走去。冬晴也认出了纳兰，眼神中又惊又喜，她见纳兰想要过来，微不可见地朝他摇了摇头，拔下发间的玉簪，在柱子上轻轻叩了几下，然后又低下了头伏在地上，整个身子都在不停地颤抖。

自从那天见到冬晴憔悴的样子后，容若每天都寝食难安，他担心冬晴在宫里活不下去。三个月后，宫里传来了噩耗：冬晴吞金自尽了。来报丧的贴身公公说，修议临走之时一直在喊"晴郎"。容若面如土色，一言不发。他埋怨老天不公，生气父母不仁，更痛恨自己懦弱，可是有什么用呢？冬晴不会回来了。他什么也做不了，只能借酒消愁，为她写首挽词：

相逢不语，一朵芙蓉著秋雨。小晕红潮，斜溜鬟心只凤翘。

待将低唤，只为凝情恐人见。欲诉幽怀，转过回阑叩玉

"钗"字还未写，容若一口鲜血喷了满纸，此后一直缠绵病榻，郁郁寡欢。觉罗氏不知儿子竟这样痴情，看着他一天天消瘦下去，只能暗悔当初。

冬晴死后纳兰大病了一场，病好后就开始没日没夜地练武读书，似乎有意让自己忙起来。看到儿子如此听话用功，明珠夫妇却高兴不起来。同龄的贵族子弟早已有了家室，二十一岁的容若至今孤身一人，一提到说亲之事他就百般推脱。容若身为长子，又出生在世家，肩负着传宗接代的重任，要是他一直沉浸在旧日伤痛中不愿再娶可如何是好？

康熙十二年腊月，容若陪母亲来广源寺进香。觉罗氏在侍婢的陪同下到殿里礼佛烧香，容若一人在别院里散步赏景。寺院建在山中，清净淡雅。院里黄鸟轻啼，凉风阵阵，院角的一株老梅在风中散发淡淡清香，在严寒中尽显高傲之美。一阵银铃般的笑声突然传来，容若很好奇，循声来到了前厅，原来是一帮盛装打扮的满族少女在谈论秋水轩唱和。只见一位穿着素雅的少女用她那温软纤细的声音吟道：

欲把繁星卷,挽银河,倾瓯洗世,风流都遣。争奈通天无近路,徒教英雄泪泫。顾盼里,灵飙飞茧。时不利兮歌不逝,正萧萧,不似乌江浅。垓下处,大风展。

容若万万没有想到这样温婉柔弱的女子竟有如此胸怀,他不由自主地走近一步,想要一睹芳容,却不慎碰翻了窗台上的花盆。花盆落地的声响把屋内的少女们吓得不轻,她们一个个都满脸惊愕地望向窗外。容若为自己冒失的行为深感懊悔,二十年来,他从没觉得像此刻这么丢脸过。但僵局终究还是要打破的,他定了定神,走进厅门问道:“你们在谈论秋水轩唱和?”

“你竟然偷听我们谈话!”一位年长些的少女略带责备地质问他。

容若连忙拱手道歉:“在下无意偷听,惊扰了各位小姐,容若赔罪了。”

“容若?你是成亲王府的纳兰公子?”一个模样俊俏、穿明黄旗服的少女显得很惊喜。

“纳兰成德正是在下。”

“听闻纳兰公子文采过人、卓尔不群,今日难得一见,何不就今日情景用秋水轩剪字韵赋词一首,不知公子意下如何?”

容若不好推脱,勉强答应。他四处看了一下,思索着如何入景,当目光落到刚才吟诗的少女时,心里就有了主意。这个女孩在同伴的衬托下略显娇小,容貌也并不出众。她身着一身素白衣服,衣角处绣着几只淡雅的红梅,粉色流苏装饰在风中摇曳生姿。见容若微笑着看她,女孩连忙红着脸颊低下了头,怯生生的样子让人心生怜惜。容若有感而发,开口吟道:

疏影临书卷。带霜华,高高下下,粉脂都遣。别是幽情嫌妩媚,红烛啼痕休泫。趁皓月、光浮冰茧。恰与花神供写照,任泼来、淡墨无深浅。持素障,夜中展。

残红掩过看俞显。相对处,芙蓉玉绽,鹤翎银扁。但得白衣时慰藉,一任浮云苍犬。尘土隔、软红偷免。帘幕西风人不寐,恁清光、肯惜鹴裘典。休便把,落英剪。

这首词写得隐隐约约,好像在咏物,又好似在写人。年长的女子迟疑了一下,问道:“纳兰公子写的是?”“咏的是院里那株老梅。”容若慌忙解释道,僵硬地行了礼走开了。少女们没有看穿他心底的秘密,那位白衣少女看了一眼自己衣角的红梅,心中若有所思。她就是容若日后的结发妻子卢氏。

那天从广源寺回来,容若便派人打听那位吟诗的姑娘,知道她是两广总督卢兴祖的女儿。只是四年前卢兴祖因罪免官,郁郁而终,卢氏成为孤女。容若当然不在乎这些,可他的父亲明珠正在朝中与索额图斗得不可开交,家族联姻是重要的筹码。若是能寻得位高权重的亲家自然是如虎添翼、事半功倍。家道中落的卢氏很明显不符合父母选亲的标准,想到冬晴的结局,容若更加退缩了,只能在每月十五的时候,趁着卢氏上香远远地观望几眼。

卢氏

觉罗氏从容若贴身小厮口中得知了这个秘密后赶紧告诉了丈夫明珠。纳兰明珠沉默了半晌,叹口气说:“娶了吧。”就这样,上天在容若毫无准备的时候慷慨地把卢氏带到他身旁,直到掀起新娘的盖头,看到那张无数次出现在梦里的柔美脸庞就俏生生地在自己面前,他才敢相信这一切都是真的。

婚后的容若脸上时常挂着满足的笑容。明珠夫妇看到儿子如此幸福也觉得安慰。成亲两载,卢氏一直没有怀上孩子。虽然容若不会因为没有孩子而对卢氏的爱减少半分,可卢氏深知子嗣对纳兰这样的大家族的重要性。看着婆婆一日日阴下来的脸色,她只能背着家人到处请神求佛。

第三年秋天,卢氏终于怀孕了。整个纳兰府都洋溢在喜庆的气氛当中,容若更是喜不自禁。一日午后,卢氏靠在书房里的贵妃榻上看书。容若正伏在案上写字,忽然转过头来,一双眼睛痴痴地盯着卢氏。卢氏掩嘴笑道:“看了两年,还没看够吗?”容若笑道:“不曾。娘子国色天香,善解人意,怎能看够?”说着起身走到塌旁环着她坐下,感觉她手心微凉,赶忙唤丫头拿来一条毛毯为她盖上,又将左边的屏风移到榻前为她遮风。两人依偎着说悄悄话,不一会儿卢氏就睡着了。看着怀中乖巧可人的爱妻,容若拿起画笔,将她迷人的笑容画了下来,旁边还题了一首词:

旋拂轻容写洛神，须知浅笑是深颦。十分天与可怜春。

掩抑薄寒施软障，抱持纤影藉芳茵。未能无意下香尘。

好景不长，卢氏怀孕六个月的时候突然患上了寒疾，怀孕带来的欣喜很快被苦涩难咽的汤药和来来往往的郎中冲得一干二净。她很害怕这个来之不易的孩子还未出生就离她而去。白天，她脸上永远挂着浅笑抚慰丈夫的不安，晚上容若熟睡之后，泪水便顺着她消瘦的脸庞一滴滴滑落。容若每次早起看到枕上的大片泪痕心中就如刀割一般。过度忧虑让卢氏的病情不断加重，身形也一天天消瘦下去，原本匀称白皙的手臂变得形同枯木，以至手腕上的玉镯竟在翻身时滑落。守在一旁的容若从梦中惊醒，他来不及感伤，连忙收拾起地上的碎片揣在怀中，连夜跑遍了整个北京城，想在妻子醒前找到一只相似的玉镯给她戴上。

夜半三更，容若还在拼命地打马赶路。他右手持缰绳，左手紧紧握着刚寻来的镯子，脸上微露欣慰的笑容，可是刚一进府就被眼前的混乱的状况惊住了，仆人们慌乱的脚步，接生婆焦急的吆喝，冒着白气的热水，还有卢氏痛苦的喊叫声……过了一会听见婴儿微弱的啼哭。房门一开，容若便冲进去询问爱妻情况。郎中无奈地摇摇头，说："生的是个小少爷。夫人病体加早产，怕是挨不到

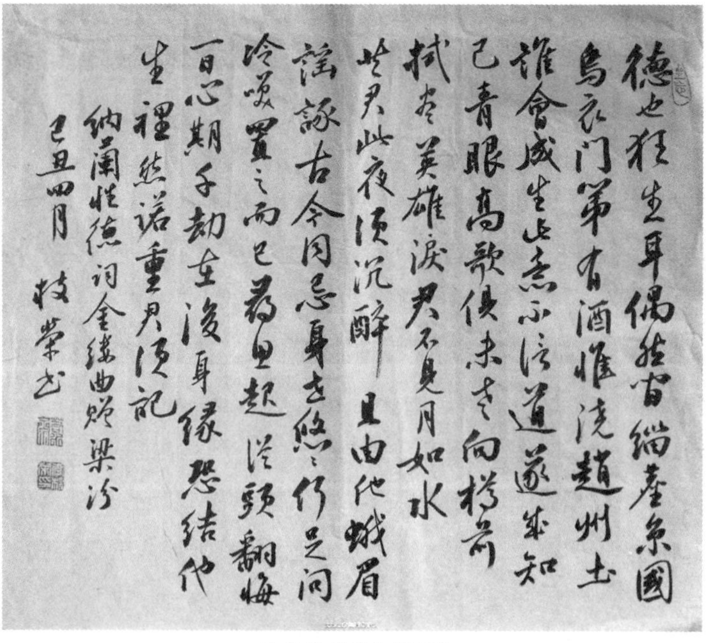

纳兰性德《金缕曲》

明天早上了。”容若像是掉到了冰窟里一般，半晌才回过神来。他走到卢氏床前，掏出怀中辛苦得来的玉镯轻轻给她戴上，然后将自己的脸埋在她的掌心。卢氏折腾了一夜已经是气若游丝，她艰难地伸手，将容若额头上的汗水擦去，说：“真傻。”

第二天早上，卢氏在丈夫的怀中安静地去世了。容若在妻子的病榻前写下了这首悲戚的悼亡词：

青衫湿遍，凭伊慰我，忍便相忘。半月前头扶病，剪刀声、犹在银缸。忆生来，小胆怯空房。到而今，独伴梨花影，冷冥冥，尽意凄凉。愿指魂兮识路，教寻梦也回廊。

咫尺玉钩斜路，一般消受，蔓草残阳。判把长眠滴醒，和清泪，搅入椒浆。怕幽泉、还为我神伤。道书生薄命宜将息，再休耽，怨粉愁香。料得重圆密誓，难禁寸裂柔肠。

这首《青衫湿遍》是纳兰为纪念爱妻新创的自度曲，也是他所赋悼亡之作的第一首，此后纳兰词开始变得“悼亡之吟不少，知己之恨尤多”。卢氏生前，他极尽笔墨，记录他们幸福生活的滴滴点点；卢氏去世后，他又饱蘸凄凉，将他的痛苦孤独化作无数悲怆的诗句，为爱妻祭奠。卢氏只陪伴在他身边三年，纳兰却愿倾尽一生的天赋与才情去纪念。

卢氏去世后，容若一直沉浸在追忆爱妻的哀伤中，后来在父母的安排下又相继娶了年轻貌美的颜氏和官氏，但是对爱情的渴望和激情早已在卢氏离去的时候燃烧殆尽，再也难以找回，直到他遇上沈宛。

一日，容若的好友顾贞观挥着一卷抄本神秘地对他说：“容若，你被比下去了！”容若不禁一笑，接过抄本，见扉页上写着《选梦词》，作者是沈宛。沈宛是江南的一个歌女，她通诗文，精音律，尤其擅长作词。顾贞观走后，容若迫不及待地翻开词集读了起来，只觉得句句雅致，又有淡淡忧伤，不由得被深深吸引，直到小厮进来掌灯他才从词中回味过来，感叹道：“奇女子也，容若自叹不如！”

又过了两个月，康熙帝准备去江南巡视，命纳兰容若随驾同往。作为皇帝的贴身侍卫，容若经常陪驾南行，可他从来没有像这次这么期待过。沈宛就在江南，不知道这位奇女子是怎样的才情，怎样的容颜。他期待相遇又害怕相遇，他怕自己会情迷意乱，辜负了亡妻的深情。纳兰还在见与不见之间苦苦挣扎，沈宛就毫无预兆地出现在了他的面前。

初见沈宛是在一次同僚聚会上。容若向来不爱热闹，经常独自一人窝在角落里喝闷酒。一曲歌舞过后，有人朗声介绍道："这位是大名鼎鼎的江南才女沈宛姑娘。"容若蓦地惊醒，定睛回神。只见一位手抱琵琶的女子落落大方地站在场中施礼，妆容淡雅，气质脱俗。旁边的人见容若看痴了，指着容若打趣道："这位是大名鼎鼎的京城才俊纳兰公子。"沈宛也有些吃惊，但立马又恢复了常态。她笑盈盈地走了过来，朝纳兰福了一福，道："久闻公子大名。"容若连忙站起来回礼，慌乱中竟将酒壶撞翻在地。沈宛低头轻笑，转身轻步离去。从那一刻起，容若脑海里反反复复出现的都是沈宛的笑脸，他想念、渴望、胆怯、挣扎……最终还是选择了妥协。按照朋友给的地址，他找到沈宛居住的小楼。沈宛就立在门前，仿佛等了他千百年。看到容若到来，她没有丝毫惊讶，牵了他的手走进楼去。

沈宛

沈宛的房间幽静素雅，不像是女子香闺，倒像是一个秀才书房。桌上摆放着文房四宝，书架上排列着各类书籍，墙上还挂了一幅字，走进一看，竟然是自己两个月前写的一首《菩萨蛮》：

新寒中酒敲窗雨，残香细袅秋情绪。才道莫伤神，青衫湿一痕。
无聊成独卧，弹指韶光过。记得别伊时，桃花柳万丝。

容若先是疑惑震惊，继而又了然感叹，怪不得两人总有种似曾相识的感觉，原来早已是文墨知己。

沈宛心思细腻，有才而多情。容若觉得同她在一起无处不妥帖，无时不舒逸，甚至觉得连沈宛的房子都有巨大的魔力，一刻也不愿离开。没有差事的时候，容若就推掉一切应酬，一心一意地陪在沈宛身边。回到北京后，容若把想要纳沈宛为妾的想法告诉了父亲。当时朝廷明令禁止满汉通婚，沈宛又是歌女出身，明珠断然拒绝。容若不顾家人反对，在府外寻了一处幽静的住所，将沈宛娶了进来。

因为是外室，沈宛没有名分地位。容若对此一直感到很内疚，只能在别的方面拼命弥补。他记得每样沈宛爱吃的菜肴点心，一有空就亲自下厨做给她吃；沈宛看上一把好琴，容若立刻买来，用她喜欢的云锦包好放到她的案前；沈宛生病，他衣不解带地伺候在旁，喂药念诗，无微不至。即便如此，沈宛依然不开心。她并不在乎名分，只愿容若倾心相待，与他长相厮守。可是容若公务繁忙，白天御前护驾，晚上入宫守夜，皇帝出巡时更是几个月不见踪影。两个人好不容易见一次，容若也经常正在兴头的时候忽然陷入莫名的沉默当中，接下来几个时辰都怔怔发呆，神情无助而寂寥。沈宛聪慧过人，早已猜出其中蹊跷。她从来不多问，只是默默地陪着他。沈宛在京城没有亲人朋友，心中苦闷无人诉说，容若不在的时候她就坐在院子里看看偶尔经过的飞鸟，绕树三匝，无枝可依。容若似乎也觉察到沈宛的难过。在沈宛熟睡后，容若写了一首《菩萨蛮》放在了她的枕边。

乌丝画作回纹纸，香煤暗蚀藏头字。筝雁十三双，输他作一行。
相看乃似客，但道休相忆。索性不还家，落残红杏花。

"索性不要回来了，杏花都落尽了，还回来干什么？"容若以沈宛的口吻责备自己行踪不定，显然是为了逗佳人一笑。沈宛看到后笑出声来，笑过之后眼泪毫无防备地跟着流了下来。明明知道她孤苦无依却还是留她夜夜独守空房，是真的公务繁忙还是在有意躲避她呢？

沈宛像

冷静下来之后，沈宛重新审视这段看似亲密的感情。她曾经一遍遍地安慰自己，容若对自己很好，男人该做的他都做了，别人做不到的他也做得很好。有这样一个用心称职的丈夫她还有什么不满？然而理智却一次次残忍地告诫她不要再自欺欺人，即使他不提她不问，卢氏始终是一条挡在他们中间的鸿沟。沈宛对纳兰倾付所有，纳兰却不能对她敞开心扉，尤其想到他每次翻看写给卢氏的诗词时那一脸落寞疏离的神情，沈宛就更加怀疑自己当初的选择。与其让猜忌将感情消磨殆尽，不如潇洒地转身走开。她擦干眼泪，缓步走到书桌前，提笔写了一首诀别词：

雁书蝶梦皆成杳，月户云窗人悄悄。记得画楼东，归骢系月中。醒来灯未灭，心事和谁说。只有旧罗裳，偷沾泪两行。

曾经以为自己拥有像梁祝一样浪漫永恒的爱情，如今看来只是一场美梦。夜深人静，我一个人独守空房，梦到你终于还家，醒来房中仍旧是一盏孤灯相伴，女儿家的心事要跟谁说呢？只有暗自垂泪，染湿罗裳。

第二天清晨，沈宛收拾行李，只身返往江南。除了容若写给自己的诗词和几件换洗的衣裳，她什么也没有带走。这一年的冬天，沈宛在江南生下一子，取名富森，其后便如人间蒸发一般，再也没有任何消息。感情难分对错，有时候转身走开好过于无谓的坚持。彼此留一点念想，两两相忘，一样断肠。

一骑传笺朱邸晚，临风递与缟衣人

——龚自珍与西林春的绯闻风波

顾太清画像

“丁香花诗案”发生在清代道光年间，女主角是贝勒爷的遗妃顾太清，男主角是一代文豪龚自珍。事情起源于一首文人唱和的闲诗，经过有心人的恶意渲染后就变成顾太清与龚自珍私通的铁证，最终导致王妃顾太清被逐出王府流落市井，龚自珍内疚自责，惶惶离开京城。

顾太清名春字太清，她本属满洲西林氏，因自小父母双亡，由家在苏州的姑父姑母抚养长大，因此便跟随姑父姓顾。顾太清的姑父是个汉族文士，在他的影响下，顾太清从小就开始接触诗词。她天资慧敏，所作诗词新颖精巧，在江南闺秀文坛中堪称魁首。

贝勒王奕绘南游来到苏州，在当地满族文人为他特设的接风宴上见到了正值妙龄的顾太清。奕绘是个喜爱文墨的八旗子弟，生性风流倜傥，惊讶于顾太清一个满族姑娘竟然诗词可嘉，而容貌又是这般明丽可人，不由得动了心意。奕绘在苏州逗留了一段时间，着意与顾太清交往，越看越可心。他的正室福晋妙华夫人在不久前刚刚病殁，此次南游散心本就有重觅新爱之意。既然上天让他在这个时候结识了满身灵气的顾太清，说明这是天赐良缘！半个月后，奕绘纳顾太清为侧福晋，带着她一同返回京城。

奕绘画像

在城西太平湖畔的王府里，奕绘夫妇日夕

酬唱，优游林泉，过着神仙一般的生活。奕绘的诗集取名为《流水篇》，顾太清的则称《落花集》；奕绘的词稿名《南谷樵唱》，顾太清的则称《东海渔歌》。“流水”对“落花”，“南谷”对“东海”，“樵唱”对“渔歌”，仿佛是一对比翼的双燕，同起同落，同飞同止。这种令人陶醉的日子过了九年，贝勒王奕绘突然一病不起，不到一个月时间就抛下了爱妻顾太清和一双儿女离开人世。丈夫骤亡让顾太清一时间茫然无措，那一段时间里，她一直深居简出，沉默寡言，日日坐在书房里重读丈夫留下的诗词，回味那些烟消云散的美好时光。本以为以后的日子会在回味中平淡度过，不料想一件小事给她带来了人生中最大的一场波澜。

杭州有个风流文人陈文述，他是继袁枚之后闺秀文学的大力提倡者，而且也仿效袁枚培养了一批吟诗作对的女弟子。这一年他突发雅兴，出资为埋骨西湖畔的前代才女小青、菊香、云友等人重修了墓园。这件事在当时引起一阵小小的轰动，为此，他的那帮女弟子争相题诗赞咏。陈文述把这些诗编集起来，刊刻成册，取名《兰因集》。为了提高《兰因集》的名气，他让自己的儿媳周云林去央托表姐汪允庄向闺秀文坛之首顾太清求一首题诗。汪允庄是顾太清的闺中密友，可顾太清一向不喜陈文述这样的附庸风雅、沽名钓誉之人，再加上丈夫新丧，无心作诗，所以一口回绝了。

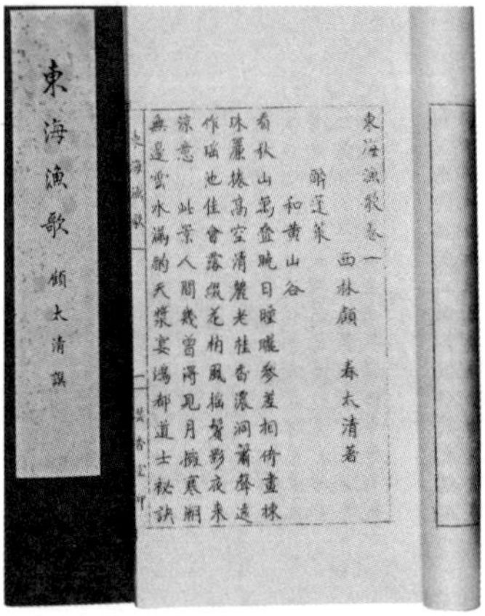

顾太清《东海渔歌》书影

求诗遭拒后陈文述并没有死心，他未经顾太清允许，冒用她的名字写了一首《春明新咏》，对重修才女墓园一事及诸位女弟子的才华大加赞赏，并将这首诗收录在《兰因集》之首。顾太清知晓此事后十分生气，写诗讽刺道：

含沙小技大冷成，野鹜安知澡雪鸿。
绮语永沉黑暗狱，庸夫空望上清宫。
碧城行列休添我，人海从来鄙此公。
任尔乱言成一笑，浮云不碍日头红。

顾太清不是刻薄之人，但是这首诗中她却写得不留丝毫情面，大骂陈文述是“野鹜”“庸夫”，卑鄙无耻。诗文传开之后，陈文述瞬间由诗学前辈变成了众人集体耻笑的对象。陈文述也因此对顾太清心生怨恨，发誓总有一天也要让她尝尝身败名裂的滋味。

奕绘生前与顾太清在文坛上有很多唱和诗友，奕绘死后顾太清沉寂了一段时间，从伤痛中走出来，又开始恢复了与京中文人雅士的诗词交往。龚自珍进士及第后被授为内阁中书，现在已升为宗人府主事，这是个清闲无事的职位，这位江南才子才华无以施展，只好寄托于诗词之中。他的诗词灵逸而深峻，深为顾太清欣赏，而顾太清华年丧夫的遭遇也很让龚自珍为她惋惜，两人惺惺相惜，语多投机，来往比其他人密切一些。这年初秋，龚自珍写了一首《己亥杂诗》，像他的其他诗作一样，这首诗很快就在京城文人中传抄开来：

空山徒倚倦游身，梦见城西阆苑春。
一骑传笺朱邸晚，临风递与缟衣人。

在诗后还有一句小注："忆宣武门内太平湖之丁香花。"太平湖畔距贝勒王府不远的地方有一片茂密的丁香树，开花时节清香袭人，龚自珍常流连其间，所以有了这首诗。诗中提到的"缟衣人"自然是顾太清，因为她住在"朱邸"王府中，又在守孝期，时常着一身缟素衣裙。顾太清与龚自珍是诗友，龚氏诗作即成，递给她品析本是情理之中的事，但是陈文述却不这么想。顾太清原名西林春，诗言"梦见城西阆苑春"表面上是梦见丁香花，说不定是梦会顾太清呢？可是单凭这点猜测还不能证明他们有非同寻常的关系。恰好龚自珍在这个时候又写了一阕记梦的《桂殿秋》，词云：

明月外，净红尘，蓬莱幽谧四无邻。九霄一脉银河水，流过红墙不见人。
惊觉后，月华浓，天风已度五更钟。此生欲问光明殿，知隔朱扃几万重。

"哈！这不是月夜幽会的写照吗？"陈文述将龚自珍写丁香花的诗和这首记梦的词巧妙地联系起来，再稍加注释，就变成了龚自珍与顾太清偷情的凿凿铁证。人们向来对八卦消息十分热心，再加上陈文述鼓动一些无聊文人煽风点火，很快，顾太清与龚自珍之间暧昧不清的绯闻就在京城里流传开了。指责谩骂像潮水一般一波波地袭来，让他们毫无招架之力。龚自珍被逼无奈，只好带着一车书偷偷地离开了京城。龚自珍一走似乎更坐实了两人有染的罪名。顾太清有口难辩，最后被奕绘与妙华夫人所生的儿子载钧逐出王府。

顾太清画像

一场无中生有的丁香花诗案让顾太清从衣食无忧、受人敬仰的王妃沦落为一无所有、人人唾骂嫌弃的弃妇。多少次她想要以死明志、逃离是非，可是奕绘生前待自己情深义重，她不能撇下他们的孩子不管。从王府搬出以后，顾太清在西城养马营租了几间破旧的屋子，安置自己和一双可怜的儿女。尽管日子十分艰辛，她还是忍辱负重地坚持了下来。她在诗中写道：

陋巷数椽屋，何异空谷情。
呜呜儿女啼，哀哀摇心旌。
几欲殉泉下，此身不敢轻。
贱妾岂自惜，为君教儿成。

“一番磨炼一重关，悟到无生心自闲”，经历了此番磨难以后，顾太清的心境也逐渐在苦难的生活中得到了超脱，她学会了宽容自适，能够平和地看待一切坎坷。不仅独自一人将儿女抚养长大，而且在烦琐劳累的生活环境中，她仍然坚持与朋友诗文唱和，自在洒脱，一直顽强地活到七十三岁。

参考文献

钱仲联.清诗纪事.南京:江苏古籍出版社,1987.

严迪昌.中国断代专题文学史丛刊·清诗史.北京:人民文学出版社,2011.

夏于全,齐豫生.四库禁书精华:第五卷.长春:吉林摄影出版社,2011.

朱则杰.清诗选评.西安:三秦出版社,2004.

冯尔康.清代人物传记资料研究.天津:天津教育出版社,2005.

赵义山,李修生.中国分体文学史:诗歌卷.上海:上海古籍出版社,2001.

杨耀文.文化名家读史录.北京:中央编译出版社,2011.

丁帆,江南文化漫步.台北:实学社出版股份有限公司,2002.

孔定芳.清初遗民社会.武汉:湖北人民出版社,2009.

方祖猷.黄宗羲长传.杭州:浙江大学出版社,2011.

孙霞.郑板桥画传.北京:中国文联出版社,2005.

陈寅恪.柳如是别传.北京:三联书店,2001.

刘燕远.柳如是诗词评注.北京:北京古籍出版社,2000.

王英志.袁枚评传.南京:南京大学出版社,2002.

〔清〕纪晓岚.阅微草堂笔记会校会注会评.吴波,伊海江,等,校评.南京:凤凰出版社,2012.

何香久.解密文学大师纪晓岚.北京:中国言实出版社,2008.

纪连海.历史上的刘墉.北京:中国民主法制出版社,2006.

孟斜阳.忆来何事最销魂:纳兰容若的词与情.北京:新华出版社,2012.

朱炳旭.论海州刘氏家族与崇祯皇帝的关系及相关问题.海州文史资料,1996(3):36-37.